普希金经典情诗选

[俄] 普希金 著
乌兰汗 等译

人民文学出版社

据 А. С. ПУШКИН, ПОЛНОЕ СОБРАНИЕ СОЧИНЕНИЙ В ДЕСЯТИ ТОМАХ, ТОМ ПЕРВЫЙ, ТОМ ВТОРОЙ, ТОМ ТРЕТИЙ: СТИХОТВОРЕНИЯ(АН СССР, МОСКВА, 1964)译出。

图书在版编目(CIP)数据

普希金经典情诗选/(俄罗斯)普希金著;乌兰汗等译. —北京:人民文学出版社,2019
(普希金经典文选)
ISBN 978-7-02-015186-8

Ⅰ.①普… Ⅱ.①普…②乌… Ⅲ.①诗集—俄罗斯—近代 Ⅳ.①I512.24

中国版本图书馆CIP数据核字(2019)第073842号

责任编辑	柏　英
装帧设计	黄云香
责任校对	刘晓强
责任印制	王重艺

出版发行	人民文学出版社
社　　址	北京市朝内大街166号
邮政编码	100705
网　　址	http://www.rw-cn.com

| 印　　刷 | 三河市中晟雅豪印务有限公司 |
| 经　　销 | 全国新华书店等 |

字　　数	95千字
开　　本	850毫米×1092毫米　1/32
印　　张	7.625　插页1
印　　数	1—5000
版　　次	2019年9月北京第1版
印　　次	2019年9月第1次印刷

| 书　　号 | 978-7-02-015186-8 |
| 定　　价 | 43.00元 |

如有印装质量问题,请与本社图书销售中心调换。电话:010-65233595

目　次

序 001

奥尔加·谢尔盖耶夫娜·帕夫里肖娃

　致姐姐 003

阿琳娜·罗季翁诺夫娜

　"令人心醉的往日的亲人……" 013

　冬天的晚上 015

　给奶娘 018

叶卡捷琳娜·帕夫洛夫娜·巴库宁娜

　"是的，我曾经享受过，也曾感到幸福……" 023

　致一位画家 024

窗 026

秋天的早晨 028

哀　歌 030

致莫耳甫斯 032

心　愿 033

梦　醒 034

致　她 036

普拉斯科维娅·亚历山德洛夫娜·奥西波娃－沃尔夫

"再见吧，忠实的槲树林……" 041

给普·亚·奥西波娃 043

"草原上最后几朵花儿……" 045

安娜·尼古拉耶夫娜·沃尔夫

"您处处不走运……" 049

叶甫普拉克西娅·尼古拉耶夫娜·沃尔夫

"假如生活欺骗了你……" 053

致吉娜 054

亚历山德拉·伊凡诺夫娜·奥西波娃

承　认 057

叶卡捷琳娜·瓦西里耶夫娜·维尔亚舍娃

"当驱车驶近伊若雷站……" 063

安娜·彼得洛夫娜·凯恩

致凯恩 067

征　兆 069

安娜·阿列克谢耶夫娜·奥列宁娜

你和您 073

"美人儿啊，不要在我面前唱起……" 074

预　感 076

"豪华的京城，可怜的京城……" 078

"我爱过您；也许，我心中……" 079

玛利亚·安东诺夫娜·杰尔维格

致玛·安·杰尔维格男爵小姐 083

阿捷里·亚历山德洛夫娜·达维多娃

给阿捷里 087

阿芙多季娅·伊万诺夫娜·戈里琴娜

给戈里琴娜大公夫人寄《自由颂》时附诗一首 091

"我的朋友,我忘了过往岁月的足迹......" 092

叶莲娜·米哈伊洛夫娜·扎瓦多夫斯卡娅

美人儿 097

娜塔莉娅·雅科夫列夫娜·波柳斯科娃

致娜·雅·波柳斯科娃 101

卡里普索·波丽赫隆尼

给一个希腊女郎 105

给一个异国女郎 107

叶卡捷琳娜·尼古拉耶夫娜·拉耶夫斯卡娅

"唉!她为何还要闪现……" 111

瓦尔福洛梅伊·叶戈洛夫娜·普里赫利娅

少 女 115

索菲娅·费奥多洛夫娜·普希金娜

冬天的道路 119

叶卡捷琳娜·尼古拉耶夫娜·乌沙科娃

给叶·尼·乌沙科娃（一）..................... 125

给叶·尼·乌沙科娃（二）..................... 127

伊丽莎白·尼古拉耶夫娜·乌沙科娃

给伊·尼·乌沙科娃........................... 131

亚历山德拉·米哈伊洛夫娜·科洛索娃

咏科洛索娃................................. 135

给卡捷宁................................... 136

阿玛利亚·利兹尼奇

"你肯宽恕么，我嫉妒的幻梦……"............... 141

"一切都已结束，不再藕断丝连……"............. 144

"呵，我戴上了枷锁，玫瑰姑娘……"............. 145

"在自己祖国的蓝天下……".................... 146

"你离开了这异邦的土地……".................. 148

伊丽莎白·克萨韦里耶夫娜·沃隆佐娃

"就算我已赢得美人的垂青……"................. 153

焚烧的情书 154
追求荣誉 156
"保护我吧,我的护身法宝……" ... 158
"为了怀念你,我把一切奉献……" .. 160
永　诀 161
片　断 163

亚历山德拉·奥西波夫娜·罗谢特
她的眼睛 167

卡罗琳娜·索班斯卡娅
"我的名字对于你有什么意义……" ... 171

娜塔莉娅·尼古拉耶夫娜·冈察洛娃
"夜幕笼罩着格鲁吉亚山冈……" 175
"我们走吧,无论上哪儿我都愿意……" . 176
"当我紧紧拥抱着……" 178
圣　母 180
哀　歌 182

十二月党人妻子
"在西伯利亚矿山的深处……" 187

其 他

歌 者 191

"多么甜蜜……但是,上帝啊,听你讲话……" 193

多丽达 194

一幅未完成的画 195

给多丽达 196

"我不惋惜我的青春良辰……" 197

戴奥妮娅 198

"最后一次,温柔的朋友……" 199

夜 200

"欲望之火在血液中燃烧……" 201

"玫瑰刚刚凋谢……" 202

"在天上,忧郁的月亮……" 203

"我原先那样,我现在还是那样……" 204

"被你那缠绵悱恻的梦想……" 205

一朵小花儿 206

皇村雕像 208

"我在这儿,伊涅季丽雅……" 209

"要不是一颗热切渴望的心……" 211

"妒忌的少女失声痛哭,把少年责骂……" 212

"我以为，此心已失去……" 213

"我给自己建起了一座非手造的纪念碑……" 214

序

普希金是"俄国诗歌的太阳",是"俄国文学之父",他在俄国就像一种神一样的存在,甚至就是神本身,就是俄国的文化之神。俄国的"普希金崇拜"现象独一无二,在其他国家很难遇见。换句话说,普希金在俄国社会和俄罗斯人心目中享有的崇高地位,可能高于任何一位作家在其所属民族中所占据的位置。

在神化普希金的过程中,一次又一次的"纪念日庆祝"发挥过重大作用。俄国人很看重所谓"纪念日"(юбилей),即诞生受洗、婚丧嫁娶等纪念日,健在的名人会在年满六十、七十或八十岁时获得官方或民间机构授予的各种荣誉,去世的大师则会在诞辰日或忌日收获不断叠加的缅怀和敬重。自二十世纪三十年代起,普希金的每个生日和忌日都成为一个全民节日,而普希金诞生或去世的整数纪念日则更成了"普希金造神史"中的一座座路标。俄国的普希金纪念日庆贺活动往往也会溢出境外，产生国际性影响。仅以中国为例，二十世纪二十至三十年代的三次纪念活动为普希金在中国的广泛传播奠定了基础。第一次是1937年普希金逝世一百周年纪念活动，在上海建起了普希金纪念碑；第二次是1947年普希金逝世一百一十周年纪念活动，由罗果夫和戈宝权编选的《普希金文集》面世，此后多次再版，影响深远；第三次是1949年普希金诞辰一百五十周年纪念活动，普希金的多部作品、多种选本都被译成中文。中华人民共和国成立后，在涌入中国的俄苏文学大潮之中，普希金更是独占鳌头，由于戈宝权、查良铮（穆旦）、张铁夫、高莽（乌兰汗）等中国普希金学家的相互接力，中国的普希金译介和研究更上一层楼。到1999年普希金诞辰两百周年时，中国几乎同时出版了两套《普希金全集》，使汉语读者终于拥有了全部的普希金，拥有了中国的普希金。

如今，在普希金诞辰两百二十周年纪念日，人民文学出版社推出这套新颖别致、装帧精美的"普希金经典文选"，在普希金的作品中精挑细选、优中选优，为我们展示出一个浓缩的普希金，精华的普希金。这套文选由三本构成，让普希金创作中最重要的三个构成——情诗、小说和童话——既自成一体，又相互呼应，让我们能在较少的篇幅、较短的时间里一览普希金文学遗产的完整面貌。

一

普希金首先是一位诗人，提起普希金，人们首先想到的可能还是他的抒情诗。

1813年十四岁的普希金写下他现存最早的一首诗《致娜塔莉娅》到他去世，他总共写下八百余首抒情诗。普希金的创作大致可以划分为五个时期，即皇村时期、彼得堡时期、南方流放时期、北方流放时期以及最后十年。虽然普希金在每个时期对文学样式的偏重都稍有不同，但抒情诗，或如本套选本的书名所显示的那样，即他的"情诗"，却无疑是贯穿他整个创作的最重要文学体裁。这里的"情"字，其含义可能是丰富的，多层次的：首先指男女之间的爱情，普希金是个多情的人，一生爱过许多女性，也为许多女性所爱，这些爱情，无论是热恋、单恋还是失恋，均结晶为许多优美、深情的诗作；其次是亲情和友情，比如普希金写给家人、奶娘和朋友们的诗；再次是对祖国的爱，对俄罗斯大自然的爱；最后还有对自由的深情，对诗歌的忠诚。如此一来，普希金的情诗便容纳了丰富的题材，个人情感和社会生活，爱情和友谊，城市和乡村，文学和政治，祖国的历史和异乡的风情，民间传说和自然景致……在他的抒情诗中都得到了反映和再现。

1821年，普希金在给朋友的信中这样确定了他的创作主题："我歌唱我的幻想、自然和爱情，歌唱忠实的友谊。"普希金首先是生活的歌手，对爱情、友谊和生活欢乐（及忧愁）的歌咏，构成了其诗歌最主要的内容之一。在最初的诗作中，普希金模仿巴丘什科夫等写"轻诗歌"，后来，尽管忧伤的、孤独的、冷静的、沉思的、史诗的等诗歌基因先后渗透进了普希金的抒情诗，但对于生活本身的体验和感受一直是普希金诗歌灵感的首要来源。在普希金关于生活的抒情诗中，最突出的主题是爱情和友谊。普希金一生从未停止过爱情诗的写作，他一生写作的爱情诗有两百余首，约占其抒情诗总数的四分之一，其中的一些名篇，如《致凯恩》（1825）、《圣母》（1830）、《我爱过您；也许，我心中……》（1829），早已成为俄国文学史中最伟大的情歌。与爱情主题一同在普希金的抒情诗中占据主要地位的是友谊主题，在这些诗作中，普希金歌颂友谊，同时也谈论诗歌和生活，现实和幻想。有趣的是，普希金的爱情诗往往都写得简短、精致，而友情诗则大多篇幅很长。无论篇幅长短，强烈而真诚的情感是普希金任何主题的抒情诗中均不曾或缺的因素。别林斯基曾这样评说普希金诗中的"情"："普希金的诗歌、尤其是他抒情诗歌的总的情调，就是人的内在美，就是爱抚心灵的人性。此外，我们还可以补充一点，如果说每一种人类的情感已然都很美好，因为这是人类的情感（而非动物的情感），那么，普希金的每一种情感则更加美好，这是一种雅致的情感。我们在此所指并非诗歌的形式，普希金的诗歌形式永远是最美好的；不，我们指的是，作为他每一首诗之基础的每一种情感，本身就是雅致的、优美的、卓越的，这不单单是一个人的情感，而且还是一个作为艺术家的人的情感，一个作为演员的人的情感。在普希金的每一种情感中都永远包含着某种特别高尚的、温顺的、温柔的、芬芳的、优美的东西。就此而言，阅读他的作品，便能以一种出色的方式把自己培养成一个人，这样的阅读对于青年男女尤其有益。在俄国诗人中还没有哪一位能像普希金这样，成为青年人的导师，成为青春情感的培育者。"

  普希金抒情诗歌的价值和意义，当然并不仅仅在于其广泛的题材和丰富的内容，而且更在于其完美的形式和独特的风格。总体地看待普希金的抒情诗，我们认为，其特色主要就在于情绪的热烈和真诚、语言的丰富和简洁、形象的准确和新颖。

  抒情诗的基础是情，且是真诚的情。诗歌中的普希金和生活中的普希金一样，始终以真诚的态度面对读者和世界。无论是对情人和友人倾诉衷肠，是对历史和现实做出评说，还是对社会上和文学界的敌人进行抨击，普希金都不曾有过丝毫的遮掩和做作。在对"真实感情"的处理上，普希金有两点是尤为突出的。第一，是对"隐秘"之情的大胆吐露。对某个少女一见钟情的爱慕，对自己不安分的"放荡"愿望的表达，普希金都敢于直接写在诗中。第二，是对忧伤之情的处理。普希金赢得了许多爱的幸福，但他也许品尝到了更多爱的愁苦，爱和爱的忧伤似乎永远是同一枚硬币的两面。普希金一生都境遇不顺，流放中的孤独，对故去的同学和流放中的朋友的思念，对不幸命运和灾难的预感，时时穿插进他的诗作。但是，令我们吃惊的是，普希金感受到了这些忧伤，写出了这些忧伤，但这些体现在诗中的忧伤却焕发出一种明朗的色调，使人觉得它不再是阴暗和沉重的。

普希金抒情诗在语言上的成就，在其同时代的诗人中间是最为突出的。一方面，普希金的诗歌语言包容了浪漫的美文和现实的活词、传统的诗歌字眼和日常的生活口语、都市贵族的惯用语和乡野民间流传的词汇、古老的教会斯拉夫语和时髦的外来词等，表现出了极大的丰富性。通过抒情诗这一最有序、有机的词语组合形式，他对俄罗斯的民族语言进行了一次梳理和加工，使其表现力和生命力都有了空前的提高，正是在这个意义上，普希金不仅被视为俄罗斯民族文学的奠基人，而且也被视为现代俄罗斯语言的奠基者。普希金诗歌语言的丰富，还体现在其丰富的表现力和其自身多彩的存在状态上。严谨的批评家别林斯基在读了普希金的第一部诗集后，就情不自禁地也用诗一样的语言对普希金的诗歌语言做了这样的评价："这是怎样的诗啊！……俄罗斯语言一切丰富的声响、所有的力量都在其中得到了非常充分的体现。……它温柔、甜蜜、柔软，像波浪的絮语；它柔韧又密实，像树脂；它明亮，像闪电；它清澈、纯净，像水晶；它芳香，像春天；它坚定、有力，像勇士手中利剑的挥击。在那里，有迷人的、难以形容的美和优雅；在那里，有夺目的华丽和温和的湿润；在那里，有着最丰富的旋律、最丰富的语言和韵律的和谐；在那里，有着所有的温情，有着创作幻想和诗歌表达全部的陶醉。"另一方面，普希金的诗歌语言又体现出了一种简洁的风格。人们常用来总结普希金创作风格的"简朴和明晰"，在其抒情诗歌的创作上有着更为突出的体现，在这里，它首先表现为诗语的简洁。普希金的爱情诗、山水诗和讽刺诗大多篇幅不长，紧凑的结构结合精练的诗语，显得十分精致，普希金的政治诗和友情诗虽然往往篇幅较长，但具体到每一行和每个字来看，则是没有空洞之感的。在普希金这里，没有多余的词和音节，他善于在相当有限的词语空间里尽可能多地表达感情和思想，体现了高超的艺术的简洁。果戈理在总结普希金的这一诗语特征时写道："这里没有滔滔不绝的能言善辩，这里有的是诗歌；没有任何外在的华丽，一切都很朴素，一切都很恰当，一切都充满着内在的、不是突然展现的华丽；一切都很简洁,纯粹的诗歌永远是这样的。词汇不多，可它们却准确得可以显明一切。每个词里都有一个空间的深渊；

每个词都像诗人一样,是难以完整地拥抱的。"别林斯基和果戈理这两位普希金的同时代人,这两位最早对普希金的创作做出恰当评价的人,分别对普希金诗歌语言的两个侧面做出了准确的概括。

二

普希金是一位伟大的小说家。在普希金的文学遗产中,除韵文作品外也有数十部(篇)、总字数合四十余万汉字的小说作品。这些小说不仅体现了普希金多方面的文学天赋,而且也同样是普希金用来奠基俄国文学的巨大基石。没有留下这些小说作品的普希金,也许就很难被视为全面意义上的"俄国文学之父"。

普希金小说的主题是丰富的,家族的传说和祖国的历史,都市的贵族交际界和乡村的生活场景,自传的成分和异国的色调,普通人的遭际和诗人的命运……所有这一切在他的小说中都得到了反映。

普希金第一部完整的小说作品《别尔金小说集》(1830),以对俄国城乡生活的现实而又广泛的描写而独树一帜,是普希金最重要的小说作品之一。《别尔金小说集》由五个短篇小说组成,这五篇小说篇篇精彩,篇幅也相差不多,但人物各不相同,风格也有异。《射击》塑造了一个"硬汉"形象,并对当时贵族军人的生活及其心态做了准确的表现。在这篇小说里，普希金借用了他本人1822年7月在基什尼奥夫曾与人决斗的生活片断。如果说《射击》是一个紧张的复仇故事，那么《暴风雪》则像一出具有淡淡讽刺意味的轻喜剧。阴差阳错的私奔，还愿偿债似的终成眷属，构成了作者高超的叙述。《棺材店老板》中的主人公有真实的生活原型，他就是住在离普希金未婚妻冈察洛娃家不远处的棺材匠阿德里安。但是，棺材匠的可怕梦境却是假定的、荒诞的，它既能与棺材匠的职业相吻合，又与城市平民的生活构成了某种呼应。和《棺材店老板》一样，《驿站长》也是描写下层人的，但作者在后一篇中对主人公寄予了更深切的同情，其中的"小人物"形象和深刻的人道主义精神，对当时和后来的俄国文学都产生了巨大影响。《村姑小姐》是一个新的罗密欧和朱丽叶的故事。活泼可爱的女主人公，皆大欢喜的结局，都隐隐体现出了作者的价值取向：乡间的清纯胜过上流社会的浮华，深刻的俄罗斯精神胜过对外来文化的拙劣模仿。《别尔金小说集》中的人物，无论是一心复仇的军官（《射击》），还是忙于恋爱的乡村贵族青年（《暴风雪》和《村姑小姐》），无论是城市里的手艺人（《棺材店老板》），还是驿站里的"小人物"（《驿站长》），其形象都十分准确、鲜明，构成了当时俄国社会生活的众生图。作者在这些精致的小说中所确立的真实描写生活、塑造典型形象的美学原则，所体现的人道主义精神和民主意识，使《别尔金小说集》成为俄国小说发展史上具有划时代意义的里程碑。

在普希金的小说中，最典型的"都市小说"也许要数《黑桃皇后》（1833）。作家通过具有极端个人主义意识和贪婪个性的格尔曼形象，体现了金钱对人的意识和本质的侵蚀，通过无所事事、行将就木的老伯爵夫人的形象，体现了浮华上流社会生活造成的人性的堕落。在这里，作家对都市贵族生活的带有批判意味的描写，小说通过舞会、赌场、出游、约会等场合折射出的社会道德规范，尤其是对金钱与爱情、个人与他人、命运与赌注等典型"都市主题"的把握，都体现出了作家敏锐的社会洞察力，使小说具有强烈的社会批判意义。这篇小说发表后产生了很大影响，甚至像歌德笔下的维特引来众多痴情的模仿者那样，小说中的格尔曼也获得了一些愚蠢的仿效者。普希金本人曾在1834年4月7日的日记中写道："我的《黑桃皇后》很走红。赌徒们都爱押三点、七点和爱司这三张牌。"格尔曼和伯爵夫人是小说中的两个主要人物，在对这两个人物的描写上，作者提到的两个"相似"是值得注意的：格尔曼的侧面像拿破仑；死去后还似乎在眯着一只眼看人的伯爵夫人像黑桃皇后。通过这两个比拟，作者突出了格尔曼身上坚定、冷酷的个人主义心理和赌徒性格，突出了伯爵夫人身上所具有的"不祥"之兆——这既是就她刻薄、爱虚荣的性格对于他人的影响而言的，也是就浮华、堕落的社会对她的影响而言的。在描写格尔曼时，作者采用了粗犷的外部白描和细致的内部刻画相结合的手法，淋漓尽致地传导出了格尔曼贪婪、无情的心理。细腻的心理描写，是这篇小说在人物塑造上的一个突出之处，它同时标志着普希金小说创作中一个新倾向、新特征的成熟。这篇小说情节紧张，老伯爵夫人被吓死的恐怖场面，格尔曼大赢大输的赌局，都写得惊心动魄。然而，在处理众多的人物关系、交代戏剧化的故事情节、刻画细致入微的主人公心理的同时，作家却令人吃惊地保持了作品风格上的简洁和紧凑。格尔曼和丽莎白·伊凡诺夫娜的交往过程，格尔曼的三次狂赌，尤其是那寥寥数语的"结局"，都写得简洁却不失丰满，体现了普希金高超的叙事才能。现代的批评已经注意到这篇小说对果戈理的"彼得堡故事"等俄国"都市小说"的影响，注意到了格尔曼与陀思妥耶夫斯基笔下的拉斯科尔尼科夫（《罪与罚》主人公）等人物之间的亲缘关系。

　　普希金的小说具有鲜明的风格特征。在刚开始写作和发表小说时，普希金也许还信心不足，也许是担心自己与流行文风相去甚远的新型小说很难为人们所接受，也许就是想与读者和批评界开一个玩笑，因此在《别尔金小说集》首次发表时，他没有署上自己的真实名字，煞费苦心地编造出一个作者"别尔金"来。小说发表后，有人问普希金谁是别尔金，普希金回答道:"别管这人是谁,小说就应该这样来写:朴实,简洁,明晰。"所谓"简朴和明晰"也就被公认为普希金的小说、乃至他整个创作的风格特征。

这一特征的首要体现,就是作者面对生活的现实主义态度。对生活多面的、真实的反映,对个性具体的、典型的塑造,所有这些现实主义小说艺术最突出的特征,都在普希金的小说中得到了突出体现。普希金的"简朴和明晰",还表现在小说的结构和文体上。普希金的小说篇幅都不长,最长的《大尉的女儿》也不到十万字;普希金的小说情节通常并不复杂,线索一般不超过两条,且发展脉络非常清晰;对无谓情节的舍弃,是普希金小说结构上的一大特点,作者在交代故事的过程中,往往会突然切断中间长长的部分,这样做的结果,不仅节约了篇幅,使小说的结构更精巧了,同时还加强了故事的悬念。在《别尔金小说集》中,普希金的这一手法得到了广泛而成功的运用:《射击》、《暴风雪》和《驿站长》都是由两个部分组成的,作者只截取了故事精彩的一头和一尾;这些小说的结尾也都十分利落,《暴风雪》、《村姑小姐》和《棺材店老板》更是戛然而止的;在这些故事中,作者常用几句简单的插笔便改变了线索发展的时空,转换很是自如。

普希金的小说文体也是很简洁的。在他的小说中,句式不长,人物的对话很简短,对人物的描写也常常三言两语,很少有细节的描写和心理的推理。在比喻、议论、写景的时候，普希金大都惜墨如金，却往往能起到画龙点睛的作用，他高超的诗歌技巧显然在小说创作中得到了发挥。另外，构成普希金小说明快风格的成分，还有作者面对读者的真诚和他对小说角色常常持有的幽默。这两种成分的结合，使得普希金的叙述显得轻松却不轻飘，坦然而又自然。没有任何多余的东西，没有任何做作的东西，这就是普希金的小说，这就是普希金的小说风格。

三

1830—1834年，普希金集中写出六篇童话——《神父和他的长工巴尔达的故事》(1830)、《母熊的故事》(1830)、《沙皇萨尔坦、他的儿子——威武的勇士吉东大公和美丽的天鹅公主的故事》(1831)、《渔夫和金鱼的故事》(1833)、《死公主和七勇士的故事》(1833)和《金鸡的故事》(1834)。虽说在这之前普希金也曾尝试童话写作，虽说普希金的成名之作《鲁斯兰与柳德米拉》也近似童话作品，但普希金在其创作的成熟期突然连续写作童话，这依然构成了普希金创作史中一个引人注目的现象。

童话是写给儿童看的，普希金的这些童话也不例外。长期以来，在俄罗斯人家许多孩子幼年时都是在妈妈或外婆朗读普希金童话的声音中入睡的。可以毫不夸张地说，大多数俄罗斯人的童年记忆都是与普希金的这几篇童话紧密结合在一起的。然而，普希金这些童话的读者又绝不仅限于儿童，它们同样也能给成年人带来审美的享受，它们同样也是普希金创作鼎盛时期的经典之作。在阅读普希金的这六篇童话作品时，我们可以对这样几个问题稍加关注。

首先是这些童话与民间创作的关系问题。童话原本就是一种民间文学特征十分浓厚的体裁，普希金的这六篇童话也取材于民间传说，有些甚至就是他的奶奶和奶娘讲给他听的口头故事。《神父和他的长工巴尔达的故事》是普希金在集市上听来的，他于1824年在一个笔记本中记录下了这个故事。在写作《沙皇萨尔坦、他的儿子——威武的勇士吉东大公和美丽的天鹅公主的故事》之前所作的笔记中，普希金也抄录了这个民间故事的两个不同版本。六篇童话都具有鲜明的民间故事特征。比如，民间故事典型的三段式结构就出现在这里的每一篇童话中：巴尔达在三场比赛中三次战胜小魔鬼，巴尔达弹了神父三下脑门，勇士吉东先后变成蚊子、苍蝇和蜜蜂三次造访萨尔坦的王国，叶利赛王子面对太阳、月亮和风儿的三次发问等；比如，每篇童话的内容均具有鲜明的教益性，近似寓言，童话中的人物也善恶分明，结局皆大欢喜，即好人战胜坏人，恶人受到惩罚；

再比如，这些童话故事情节均发生在笼统的、模糊的故事时空里。然而，这些童话毕竟是普希金创作出来的童话，因而又具有崭新的内容和形式，具有叙事诗、乃至抒情诗的属性，完成了从民间故事向文学作品的过渡和转变，这些童话的文学性丝毫不亚于普希金的其他作品。从内容上看，这些童话充满着许多普希金式的推陈出新，比如《渔夫和金鱼的故事》原来的主旨是让人各守本分，不要过于贪婪，但普希金却将渔夫老婆的最后一个要求改为要做大海的女王，要金鱼永远伺候自己，感觉到自由即将遭到剥夺的金鱼终于不再奉陪，让渔夫老婆的所有希望落空，这样的改动无疑具有深刻的普希金意识和普希金精神，即自由的权利是神圣的，是断不能出让的。从形式上看，这些童话均被诗人普希金赋予了精致、完美的诗歌形式，它们读起来朗朗上口，这无疑也是这些童话近两百年来在俄国和世界各地代代相传的重要前提之一。《沙皇萨尔坦、他的儿子——威武的勇士吉东大公和美丽的天鹅公主的故事》和《死公主和七勇士的故事》，均以"我也在场""我也在座"一句结束，普希金特意标明的这种"在场感"具有象征意味。总之，普希金以其卓越的诗歌天赋使这些民间童话文学化了，这六篇童话都刻上了普希金风格的深刻烙印，甚至可以说，它们无一例外都成了普希金地道的、极具个性色彩的原创之作。

其次是这些童话的外国情节来源及其"俄国化"的问题。

普希金的这六篇童话，除《母熊的故事》因为没有完成而很难确定其"出处"外，其他各篇均有其"改编"对象：《渔夫和金鱼的故事》几乎见于欧洲每个民族的民间故事，据苏联时期的普希金学家邦季考证，普希金的童话直接取材于《格林童话》中的故事；《沙皇萨尔坦、他的儿子——威武的勇士吉东大公和美丽的天鹅公主的故事》的原型故事，自16世纪起就流传于西欧多国；《死公主和七勇士的故事》显然就是"白雪公主和七个小矮人"故事的翻版；而《金鸡的故事》的源头则被诗人阿赫玛托娃于1933年探明，即美国作家华盛顿·欧文所著故事集《阿尔罕伯拉故事集》（1832）中的《一位阿拉伯占星师的传说》，人们在普希金的藏书中发现了欧文此书的法译本。然而，这些流浪于欧美各国的故事母题，在普希金笔下却无一例外地被本土化了、被俄国化了，其中的场景是地道的俄国山水，其中的人物是地道的俄罗斯人，他们说着纯正的俄语，描述他们的语言是纯正的俄罗斯诗语，重要的是，他们显示出了纯正的俄罗斯性格，更为重要的是，他们也都具有普希金笔下人物的典型特征，比如，在《死公主和七勇士的故事》中公主拒绝七位勇士的求爱，我们从中能听出《叶甫盖尼·奥涅金》中达吉雅娜对奥涅金所说的话。普希金将"迁徙的"童话母题俄国化的努力如此成功，居然能获得"喧宾夺主"的效果，如今一提起《渔夫和金鱼的故事》，许多人首先想到的就是：这是普希金的作品，这是一部俄国童话。

最后是这些童话的内容和风格与普希金整个创作的关系问题。我们注意到，在十九世纪三十年代前半期的俄国文学中，普希金的童话写作并非孤例。果戈理写出具有民间故事色彩的短篇集《狄康卡近乡夜话》(1831—1832)，茹科夫斯基写出《别连捷伊沙皇的故事》和《睡公主的故事》(1831)，达里编成《俄国童话集》(1832)，这些不约而同的举动或许表明，当时的俄国作家开始朝向民间创作，在民族的文学遗产中汲取灵感，开始了一场有意识的文化寻根运动。在普希金本人的创作中，童话写作也是与他的"现实主义转向"和"散文转向"基本同步的，也就是说，是与普希金创作中叙事性和现实指向性的强化基本同步的。普希金在《金鸡的故事》的结尾写道："童话虽假，但有寓意！对于青年，不无教益。"这几句诗最好不过地透露出了普希金的童话写作动机。在《神父和他的长工巴尔达的故事》中，普希金在民间故事的基础上强化了对以神父为代表的压迫阶层的嘲讽，这样的改动竟使得这部童话在当时无法发表，在普希金去世之后，茹科夫斯基为了让书刊审查官能放过此作，甚至将主角之一的"神父"改头换面为"商人"。就风格而言，普希金改编起童话来得心应手，因为童话体裁所具有的纯真和天然，原本就是普希金一贯追求的风格，原本就是他的创作风格的整体显现。普希金通过这六篇童话的写作，将民间故事带入俄国文学,将现实关怀和民主精神带入童话,其结果,使得这些纯真的童话成了他真正意义上的成熟之作。

普希金的童话,一如他的情诗和小说,都是他创作中的精品,都是值得我们捧读的文学经典。

刘文飞

二〇一九年三月

奥尔加·谢尔盖耶夫娜·帕夫里肖娃

(1797—1868)

　　普希金的姐姐奥尔加·谢尔盖耶夫娜,接受过良好的教育,对俄国文学和法国文学有深厚造诣。除了当时俄国女性热衷的外语和舞蹈,她还学习了历史、地理、几何等,并在水彩绘画方面有一定成就。她继承了母亲坚定、刚强的性格,自作主张地嫁给了尼古拉·伊万诺维奇·帕夫里肖夫,但婚后生活并不如意。

　　普希金比姐姐小两岁,两人始终关系亲密。姐姐是弟弟的第一个朋友,他们分享快乐与忧愁,互诉秘密与心事。童年时期的普希金就开始尝试用法文写诗,姐姐是他的第一个听者。奥尔加对骨相和占卜颇有兴趣,这对普希金产生了重要影响。

奥尔加·谢尔盖耶夫娜·帕夫里肖娃

致姐姐[1]

(1814)

你愿意吗,我的密友,

让我这年轻的诗人

跟你聊一聊天,

带上被忘却的竖琴,

长出幻想的翅膀,

离开这所修道院[2]

和这孤寂的地方。

每当夜色幽暗,

便有永恒的安宁

伴随着阴郁的沉寂

悄然无声地笼罩着

---

[1] 在皇村中学期间,普希金只能在休息日回家,因此非常思念姐姐,于是写下这首诗献给姐姐。
[2] 诗人在这里把皇村学校比作修道院,把自己比作修士。

这阒无人迹的大地。

………………………①

我好像离弦的箭

飞到涅瓦河畔,

去拥抱幸福童年的

最亲密的伙伴,

犹如柳德米拉的歌手②

甘愿受幻想的引诱,

回到故乡的家园,

我给你带来的不是金子

(我是一个穷修士),

我要赠给你一束小诗。

我偷偷走进休息室,

哪怕在笔端浮想联翩,

啊,最亲爱的姐姐,

我跟你将如何见面?

你一到黄昏时候

都怎么消磨时间?

---

① 此处有诗句未保存下来。
② 指茹科夫斯基(1783—1852),他写过叙事诗《柳德米拉》。

你可正在读卢梭,

还是把让利斯①放在面前?

还是跟快活的汉密尔顿②

开心地笑个没完?

或跟着格雷和汤姆逊③

凭借幻想遨游田野间:

那里的树林刮起微风

徐徐地吹入空谷,

婆娑的树木在耳语,

一条浩浩荡荡的瀑布

从山顶直泻而下?

或抱起那条老巴儿狗

(它竟然老于枕头之间)

把它裹进长披肩,

一边亲昵地爱抚它,

一边唤梦神,催它入眠?

或像沉思的斯薇特兰娜④

---

① 让利斯(1746—1830),法国女作家,写了不少道德题材的儿童作品。
② 汉密尔顿(1646—1720),法国作家,写过许多东方童话故事。
③ 格雷(1716—1771)和汤姆逊(1700—1748),英国感伤派诗人。
④ 斯薇特兰娜,茹科夫斯基另一部叙事诗的主人公。

站在波涛滚滚的涅瓦河上

望着一片漆黑的远方?

或用飞快的手指

弹起响亮的钢琴,

使莫扎特①再世?

或重弹皮契尼②

和拉莫③的曲子?

我们终于见面了,

于是我心花怒放,

就像明媚的春天一样,

感到一种无言的喜悦。

忘记了别离的日子,

也忘记了寂寞和痛苦,

心中的忧伤踪影全无。

但这只不过是幻想!

唉,我还是一个人

---

① 莫扎特(1756—1791),奥地利杰出的作曲家。
② 皮契尼(1728—1800),意大利作曲家。
③ 拉莫(1683—1764),法国作曲家。

借着暗淡的烛光

在修道院给你写信。

昏暗的禅房静悄悄:

门上插着门闩,

沉默——这欢乐的敌人,

还有寂寞看守着我们!

一张摇晃的床,

一把破旧的木椅,

一只装满清水的瓶,

一只小巧的芦笛——

这就是我一觉醒来

在眼前看到的东西。

幻想呀,只有你

是上帝赐给我的奇迹

你可以把我带到

那神奇的希波克林泉①,

身居禅室也自得怡然。

  女神呀,如果离开你,

---

① 希波克林泉,又译"马泉",古希腊神话中阿波罗的马(珀伽索斯)在赫利孔山下踢出的一股清泉,能启发人的灵感,也称"灵泉"。

我可怎么生活下去？

我本来性喜热闹，

从中得到无限乐趣，

突然被命运带到远方，

关在四堵大墙中间，

就像到了忘川①的岸上，

活活遭到幽禁，

永远被人埋葬，

两扇门吱扭一声

在我身后关上，

于是世界的美丽景色

被一片黑暗遮挡！……

从此我看外面世界，

就像囚徒从狱中

窥望朝霞的光芒，

即使是旭日东升，

把它那万道金光

射进这狭小的窗子，

我心中依然充满忧伤，

---

① 忘川，又译"勒忒河"，希腊神话中冥国之河，死人喝了河水便忘掉生前的事。

无法感到欢畅。
或是到了黄昏时候，
天空一片黑暗，
云彩里的一道霞光
也渐渐变得暗淡——
我就忧伤地去迎接
昏暗的暮色出现，
在叹息声中送走
即将逝去的一天！……
一边数着念珠，
一边含泪望着铁栏。

　　但是光阴似箭，
石门上的门闩
总有一天会脱落，
我的骏马快如风，
越过河谷和高山，
来到繁华的彼得堡；
那时我将忙于乔迁，
离开这昏暗的禅室，
离开这旷野和花园；

抛却禁欲的修士帽——

变成一个被除名的修士

飞回你的怀抱。

(王士燮 译)

阿琳娜·罗季翁诺夫娜[①]

(1758—1828)

阿琳娜出生于穷苦农奴家庭，从小就饱尝生活的艰辛。在米哈伊洛夫斯克的普希金家里，她主动提出照料主人的孩子，于是先被派去照顾普希金的姐姐奥尔加，然后是普希金。阿琳娜满怀慈爱和温情地对待小天使普希金。她照料小普希金的起居，给他讲童话、唱歌谣。普希金离开家后，阿琳娜去了普希金姐姐的家，直到生命最后一刻。

普希金小时候深深地依恋奶娘阿琳娜。后来普希金离开了米哈伊洛夫斯克，他们见面的机会微乎其微。一八二四年，普希金重返米哈伊洛夫斯克，奶娘的童话和歌谣再一次抚慰了他的忧伤。他们最后一次见面是在一八二七年九月，九个月后阿琳娜病逝。

在《叶甫盖尼·奥涅金》中女主人公塔吉雅娜的奶娘的形象，很容易令人联想到纯朴善良的奶娘阿琳娜。

---

① 阿琳娜的姓氏目前难以确定，一说为"玛特耶夫娜"，一说为"雅科夫列娃"，一说她婚前姓"雅科夫列娃"、婚后姓"玛特耶夫娜"。

阿琳娜·罗季翁诺夫娜

(1822)

令人心醉的往日的亲人，①

编造戏谑和悲惨故事的友伴，

我在自己人生的初春结识了你，

那时候充满了最初的欢乐和梦幻。

我等着你；在幽静的傍晚

你，快活的老妇②，来到面前，

穿着短袄，戴着大眼镜，

拿着好玩的响铃铛，坐在我旁边。

你一面摇着摇篮，一面为迷住

我幼年的听觉而低声唱歌，

并在襁褓中留下了芦笛，

这芦笛也受到了你的迷惑。

---

① 此诗原无题，为便于查阅，编者以首句为标题。以下均同。
② 这里的"快活的老妇"的形象，体现着普希金最初的诗才，他显然把他的奶娘阿琳娜·罗季翁诺夫娜和他的外婆玛利亚·阿列克谢耶夫娜·汉尼拔结合在一起了。后者教会了他读写俄文，喜欢给他讲古代和祖先的故事。

幼年逝去了，宛如缥缈的梦。

你爱过这无忧无虑的少年，

在庄重的缪斯中，他只把你思念，

而你也悄悄地去探望他的容颜；

难道这就是你的形象，你的穿戴？

你多么可亲，你又变得多快！

你的微笑里燃烧着怎样的火焰！

亲切的目光闪出何等炽热的光彩！

外衣就像是不驯的波澜，

微微遮盖着你轻盈的身躯；

你满头鬈发，戴着花冠，

芳香四溢，多么富有魅力；

在黄珍珠项链下，你白皙的胸脯

泛着红润，在微微战栗……

（王守仁 译）

冬天的晚上[1]

（1825）

风暴肆虐，卷扬着雪花，

迷迷茫茫遮盖了天涯；

有时它像野兽在嗥叫，

有时又像婴儿咿咿呀呀。

有时它钻进破烂的屋顶，

弄得干草窸窸窣窣，

有时它又像是晚归的旅人，

来到我们窗前轻敲几下。

我们这衰败不堪的小屋，

凄凄惨惨，无光无亮，

---

[1] 阿琳娜·罗季翁诺夫娜伴着流放的诗人在米哈伊洛夫斯克度过了幽居的岁月。普希金在一封信中写道："到了晚上，我就听我的奶娘讲故事……她是我唯一的伴侣，只有跟她在一起，才不会感到寂寞。"

你怎么啦,我的老奶娘呀,

为什么靠着窗户不声不响?

我的老伙伴呀,或许是

风暴的吼叫使你厌倦?

或者是你手中的纺锤

营营不休地催你入眠?

我们喝吧,我的好友,

我可怜的少年时代的良伴,

含着辛酸喝吧,酒杯哪儿去了?

喝下去,心儿会感到甘甜。

请你给我唱支歌儿[①]:

唱那山雀怎样生活在海外,

或是唱支少女的歌儿,

讲她如何朝朝汲水来。

风暴肆虐,卷扬着雪花,

迷迷茫茫遮盖了天涯;

有时它像野兽在嗥叫,

---

① 指民歌《山雀在海彼岸的日子并不阔绰》和《马路上一个姑娘在汲水》。

有时又像婴儿咿咿呀呀。

我们喝吧,我的好友,

我可怜的少年时代的良伴,

含着辛酸喝吧,酒杯哪儿去了?

喝下去,心儿会感到甘甜。

(乌兰汗 译)

给奶娘[①]

(1826)

我的严酷岁月里的伴侣,

我的老态龙钟的亲人!

你独自在偏僻的松林深处

久久、久久地等着我的来临。[②]

你在自己堂屋的窗下,

像守卫的岗哨,暗自伤心,

在那满是皱褶的手里,

你不时地停下你的织针。

你朝那被遗忘的门口,

望着黑暗而遥远的旅程:

预感、惦念、无限的忧愁

[①] 一八二六年九月沙皇突然将普希金召到莫斯科,这使阿琳娜·罗季翁诺夫娜十分担忧。普希金感受到了奶娘的不安,十月在莫斯科写下这首诗。

[②] 普希金临别前答应奶娘等来年夏天回来看她。

时刻压迫着你的心胸。

你仿佛觉得……①

(魏荒弩 译)

---

① 这是一首未写完的诗。

叶卡捷琳娜·帕夫洛夫娜·巴库宁娜

(1795—1869)

巴威尔·彼得洛维奇·巴库宁曾任彼得堡科学院院长，在他的影响下，女儿叶卡捷琳娜·帕夫洛夫娜接受了良好的教育。一七九八年巴库宁家居住在德国、瑞士、英国等地，一八〇四年回国。次年巴威尔·彼得洛维奇去世后，叶卡捷琳娜·帕夫洛夫娜与母亲和弟弟亚历山大·帕夫洛维奇生活在一起。

一八一一年，亚历山大·帕夫洛维奇被沙皇钦点为皇村中学第一批学员之一。美丽而又擅长绘画的姐姐叶卡捷琳娜经常去探望弟弟，吸引了弟弟的许多同学，其中包括普希金。巴库宁娜三十九岁时结婚，她的丈夫是安娜·凯恩的表兄，也是普希金的好友。一八三四年四月三十日，普希金写信告诉妻子："今天我参加了巴库宁娜的婚礼。"婚后巴库宁娜远离京城，在宁静的生活中相夫教子，读书绘画，珍视与普希金的友谊。

巴库宁娜给普希金留下了美妙的初恋回忆，普希金为她写下了二十多首诗。在《叶甫盖尼·奥涅金》中，女主人公塔吉雅娜的端庄体态、黑色长裙中就有巴库宁娜的身影。

叶卡捷琳娜·帕夫洛夫娜·巴库宁娜

（1815）

是的，我曾经享受过，也曾感到幸福，①
我曾醉心于恬静的安乐，雀跃的欢呼……
　　这欢快的时日现在何处？
　　它转瞬即逝，如同梦幻，
享受的喜悦也一去不返，
我重又寂寞、忧郁，周围一片黑暗！……

（韩志洁　译）

---

① 普希金在日记里写下这首诗。

致一位画家[①]

（1815）

美惠三女神和灵感之子，

趁你满怀火一样的激情，

请用你巧夺天工的画笔

为我绘制我的心上人；

天女纯真无疵的美貌，

甜蜜的有所希冀的神情，

无比美妙的惬意的微笑，

加上美丽超凡的眼睛。

让维纳斯的丝带缠绕

[①] 画家指普希金在皇村中学的同学阿列克谢·杰米扬诺维奇·伊利切夫斯基（1798—1837），他擅长绘画，因此普希金请他为自己的心上人巴库宁娜画像。这首诗由普希金的同学尼古拉·亚历山德洛维奇·科尔萨科夫（1800—1820）谱了曲，并在皇村中学流传。

她那如同赫柏①的柳腰,

用阿利班②的妙笔细雕

我那公主的含蓄的娇娆。

透明的薄纱的轻波细浪

披在她的起伏的胸上,

好让她轻轻地呼吸,

还可以暗暗地叹息。

请画出渴望爱情的娇羞。

我将为我所倾慕的少女

以幸福的恋人的手

在下面签上我的名字。

(韩志洁 译)

---

① 赫柏,希腊神话中的青春女神,即罗马神话中的朱文塔斯,在奥林匹斯山侍候诸神,为他们斟酒。
② 阿利班,即弗兰切斯科·阿利巴尼(1578—1660),十九世纪初流行于俄国的意大利学院派画家。

窗

（1816）

不久前的一个夜晚，
一轮凄清的明月
巡行在迷茫的云天，
我看见：一个姑娘
默然地坐在窗前，
她怀着隐秘的恐惧
张望山冈下朦胧的小路，
心中忐忑不安。

"这里！"急急的一声轻唤。
姑娘手儿微微发颤，
怯怯地推开了窗扇……
月儿隐没在乌云里边。
"幸运儿啊！"我惆怅万端。
"等待你的只有交欢。

什么时候也会有人

为我打开窗子,在傍晚?"

(丘琴 译)

秋天的早晨①

（1816）

喧声四起；田野的芦笛声

破坏了我的蜗居的平静。

那最后的一场梦景连同

爱人儿的倩影都已消失。

夜幕已经从天际滑落，

早霞升起，苍白的一天开始——

我的周遭空寂荒凉……

她离去了……我来到河岸旁，

清朗的傍晚她常来这里。

如今哪儿也找不见美人儿，

哪儿也没有她的踪迹。

我在密林深处郁郁地徘徊，

---

① 一八一六年巴库宁娜曾在皇村度假，她离开时普希金写下这首诗。

叨念着那永难忘记的名字。

我呼唤她——这孤零零的呼声

只有远方空谷传来回音。

我满怀幻想地来到溪旁,

溪水依旧汩汩地流淌,

水中却不见绝世佳丽的形象。

她离去了……在甜蜜的春天到来之前,

我将不再与快乐和激情相伴。

秋天用她那冰凉的手

摘掉白桦和菩提的树冠,

它在阒寂无人的林中喧叫,

那里,枯叶日夜地飞飘,

枯黄的田野上一片白雾,

偶然还能听到秋风的呼啸。

田野,山冈,熟稔的橡树林!

你神圣的安宁的守护者们!

过往时日的欢乐的见证人!

再见啦……直到甜蜜的春天来临!

(丘琴 译)

哀　歌[①]

（1816）

多幸福呵，敢于大胆承认，

自己正处于热恋之中；

未来如何，命运未卜，

隐隐的希望却把他爱抚；

但是，在我的凄苦生涯中，

却没有领略过偷欢的情趣；

早开的希望的花朵凋谢了：

生命之花被折磨得憔悴！

青春忧伤地从眼前飞逝，

生活的玫瑰也将一起枯萎。

但是被爱情遗忘的我

---

① 普希金在皇村中学待了五年之后方获准探视亲人，一八一六年一月他度过圣诞节假期返回学校的时候写下这首诗。

却永不忘记为爱情而流泪。

(丘琴 译)

致莫耳甫斯

（1816）

莫耳甫斯啊，明天清晨之前，
让我再尝一次爱情的苦恼。
来吧，请把灯儿熄灭，
为我的愿望静静祝祷！
把离别那个可怕的判决，
从伤心的记忆中抹掉！
让我看到那含情的流盼，
让我听到那生动的谈笑。
每当黑夜的暗影飞逝，
你便也从我的眼中消失，
啊，在另一黑夜来临之前，
如能忘记爱情，那该多好！

（丘琴　译）

心　愿

（1816）

我流泪；泪水使我得到安慰；

我沉默；我却不抱怨，

我的心中充满忧烦，

忧烦中却有痛苦的甜味。

生活之梦啊！飞逝吧，我不惋惜，

在黑暗中消失吧，空虚的幻影；

爱情对我的折磨我很珍重，

纵然死，也让我爱着死去！

（丘琴　译）

梦 醒

（1816）

美梦，美梦，

你甜在哪里？

夜里的欢情，

你在哪里，在哪里？

快乐的梦

已不存在，

在漆黑中

一觉醒来

孤身一人。

卧榻的四面

是哑然的夜。

爱的梦幻

转眼便凝止，

转眼便飞去，

一股脑儿地消逝。

可是，心儿

还充满希冀，

要去捕捉

梦的回忆。

爱情，爱情，

我祈求你：

把你的梦境

再给我一次，

让我再次陶醉，

直至晨光熹微，

请赐我一死，

趁我还在熟睡。

（丘琴　译）

致 她

（1817）

在悠闲的愁苦中，我忘记了竖琴，

梦想中想象力也燃不起火星，

我的才华带着青春的馈赠飞去，

心也慢慢地变冷，然后紧闭。

啊，我的春天的日子，我又在召唤你，

你，在寂静的荫庇下飞逝而去的

友谊、爱情、希望和忧愁的日子，

当我，平静的诗歌的崇拜者，

用幸福的竖琴轻轻歌颂

别离的忧郁，爱情的激动——

  那密林的轰鸣在向高山

    传播我的沉思的歌声……

无用！我负担着可耻的怠惰的重载，

不由得陷入冷漠的昏睡里，

我逃避着欢乐,逃避亲切的缪斯,

泪眼涔涔地抛别了荣誉!

  但青春之火,像一股闪电,

  蓦地把我萎靡的心点燃,

  我的心苏醒,复活,

重又充满爱情的希望、悲伤和欢乐。

一切又神采奕奕!我的生命在颤抖;

作为大自然重又充满激情的证人,

我感觉更加生动,呼吸更加自由,

  美德更加恋迷着我的心……

  要赞美爱情,赞美诸神!

又响起甜蜜竖琴的青春的歌声,

我要把复活的响亮而颤抖的心弦

  呈献在你的足边!……

(魏荒弩 译)

普拉斯科维娅·亚历山德洛夫娜·奥西波娃－沃尔夫
（1781—1859）

名门之后普拉斯科维娅·亚历山德洛夫娜是三山村的女地主，三山村与普希金父母的领地米哈伊洛夫斯克相邻。在普希金出生的一七九九年，她嫁给了当地地主尼古拉·伊万诺维奇·沃尔夫。侄女安娜·凯恩这样描写他们的生活："丈夫照顾孩子，穿着睡袍煮果酱，妻子拿着套马索赶马或者读罗马史。"丈夫早逝后，她嫁给了五级文官伊万·索封诺维奇·奥西波夫。

一八一七年七月至八月，从皇村中学毕业的普希金回米哈伊洛夫斯克休假，那期间第一次造访了三山村。纯朴善良的奥西波娃热情地接待了普希金，称他为"心爱的儿子"。奥西波娃临终前清理私人信件时，唯独留下了普希金写给她的所有信件，还有许多诗人的画像。奥西波娃对普希金的文学创作有重要影响，仅她的名字就在普希金的作品中出现过一百六十八次。在《叶甫盖尼·奥涅金》中，奥西波娃隐身于女地主拉林娜的形象中。

普拉斯科维娅·亚历山德洛夫娜·奥西波娃－沃尔夫

（1817）

再见吧，忠实的槲树林[1]！
再见吧，你田野无忧的平静
和匆匆流逝的岁月的
那种轻捷如飞的欢欣！
再见吧，三山村，在这里
欢乐多少次和我相遇！
难道我领略到你们的美妙，
只是为了永远和你们分离？
我从你们身边把回忆带走，
却将一颗心留在了这里。
也许（幸福甜蜜的梦想啊！）
我，和蔼可亲的自由、欢乐
和优雅、智慧的崇拜者，

---

[1] 这首诗原写在普·亚·奥西波娃的纪念册上。

我还要回到你这田野中，

还要在槲树荫下走动，

还要爬上你三山村的高坡。

(魏荒弩　译)

给普·亚·奥西波娃

（1825）

我也许不会再享有多少

流亡生活中的平静的时间，

不会再为缠绵的往昔哀叹，

我这颗无忧无虑的心不可能

再悄悄地把农村缪斯怀念。

但是，到了远方，到了异乡，①

我凭借一往情深的思绪

还会来到三山村老家，

来到草原上、溪水畔、山冈旁，

来到家园中的椴树的荫凉下。

---

① 普希金在敖德萨生活期间一直想逃亡国外，故诗中有"到了远方，到了异乡"的字句。

当明朗的白昼渐渐消遁,

思乡的孤魂有时就会

飞出幽暗的土坟,

飞回自己的家园,

用温柔的目光看看亲人。

(乌兰汗 译)

(1825)

草原上最后几朵花儿①

比早开的鲜花更可爱。

它们容易搅乱我们的心,

把悠悠的遐想勾起来。

所以,有时,离别的时刻——

比甜蜜的重逢更难忘怀。

(乌兰汗　译)

---

① 一八二五年十月十六日,普·亚·奥西波娃给普希金送来一束花,想使他的流放生活有点光彩。这首诗即因此而成。

安娜·尼古拉耶夫娜·沃尔夫

（1799—1857）

安娜·尼古拉耶夫娜·沃尔夫是三山村女主人普拉斯科维娅·亚历山德洛夫娜和第一个丈夫尼古拉·伊万诺维奇·沃尔夫的大女儿，她和普希金是同龄人。

"安娜"一词在古犹太语中有"美满""幸福"的寓意，但安娜·尼古拉耶夫娜·沃尔夫在现实生活中一生不幸。

安娜·尼古拉耶夫娜·沃尔夫

（1825）

您处处不走运，

与幸福没有缘：

标致但不逢时，

您聪明无处展。

（乌兰汗　译）

叶甫普拉克西娅·尼古拉耶夫娜·沃尔夫

(1809—1883)

叶甫普拉克西娅·尼古拉耶夫娜·沃尔夫是三山村女主人普拉斯科维娅·亚历山德洛夫娜和第一个丈夫尼古拉·伊万诺维奇·沃尔夫的二女儿。她和姐姐安娜常常争执,因为都觉得自己才是《叶甫盖尼·奥涅金》中女主人公的原型。

叶甫普拉克西娅·尼古拉耶夫娜·沃尔夫

(1825)

假如生活欺骗了你，①

不要生气，不要伤悲！

忧郁的日子要克制自己：

相信欢快的一天会到来。

心儿总是在憧憬着未来，

现今常令人闷闷不快：

一切很短暂，一切会过去，

那过去了的，便贴你心怀。

(顾蕴璞 译)

---

① 普希金把这首诗题在叶甫普拉克西娅·尼古拉耶夫娜·沃尔夫的纪念册上。

致吉娜[①]

（1826）

我说，吉娜，我劝您：尽情嬉戏，

用可爱的玫瑰花为您自己

编上一顶辉煌漂亮的花冠，

以后不要在我们当中大唱起

古老的情歌，把人心儿搅乱。

（魏荒弩 译）

[①] 普希金把这首诗写在叶甫普拉克西娅·尼古拉耶夫娜·沃尔夫（家人称她"吉娜"）的纪念册上，生前未发表。

亚历山德拉·伊凡诺夫娜·奥西波娃

（1805 或 1806—1864）

亚历山德拉·伊凡诺夫娜·奥西波娃是普拉斯科维娅·亚历山德洛夫娜再婚后的继女。她的父亲伊万·索封诺维奇·奥西波夫再婚后，她也搬到了三山村。普希金在米哈伊洛夫斯克流放期间和她交往较多。

亚历山德拉·伊万诺夫娜·奥西波娃

承 认

（1826）

我爱你，——哪怕我要疯狂，

哪怕是白费力气，羞愧难当，

但如今站在你的脚边，

我得承认这不幸的荒唐！

我们并不般配，年龄也不相称……

是时候了，我该变得更聪明！

但我从各个方面的征兆，

看出我心里爱情的病症：

没有你，我心烦——我打哈欠，

有了你，我忧郁——忍在心间；

我想要说，可又没有勇气，

我的天使啊，我多么爱你！

当我听到客厅里你那轻轻的

脚步声，或你的衣裙的窸窣声，

或你那处女的纯朴的声息，

我立刻就丧失了全部理性。

你一露出微笑——我便高兴；

你刚一转过脸——我就惆怅；

为了一天的折磨，你苍白的

小手，就是对我的奖赏。

当你漫不经心地弯着身

坐在绣架旁殷勤地刺绣，

你披下了鬓发，低垂着眼睛——

我沉默而动情，充满了温柔，

像孩子般欣赏着你的神情！……

当有的时候在阴霾天气

你打算到远处去走走，

我可要对你诉说我的不幸，

倾吐我的忌妒的哀愁？

还有你在孤独时的眼泪，

还有两人在角落里的谈心，

还有那到奥波奇卡①的旅行，

还有在黄昏时演奏的钢琴？……

阿林娜！请可怜可怜我吧。

---

① 奥波奇卡，普斯科夫省的一个县城。米哈伊洛夫斯克村和三山村都在那个县。

我不敢乞求你的爱情。
也许，为了我的那些罪过
你的爱情我不配受领！
但请假装一下吧！你这一瞥
能够微妙地吐露出一切！
唉，骗我一下并不难！……
我多么高兴受你的欺骗！

（魏荒弩　译）

叶卡捷琳娜·瓦西里耶夫娜·维尔亚舍娃

（1813—1865）

　　叶卡捷琳娜·瓦西里耶夫娜是特维尔州警察局长瓦·伊·维尔亚舍夫的女儿。据同时代人的描述，这是一个温和可人、体态优美的姑娘，蓝色的双眸尤其迷人。一八二八年至一八二九年普希金在特维尔州期间，叶卡捷琳娜·瓦西里耶夫娜给他留下了美好的印象。

　　同时，她是三山村女主人普拉斯科维娅·亚历山德洛夫娜·奥西波娃-沃尔夫的侄女，普希金和奥西波娃的儿子阿列克谢·沃尔夫都喜欢她，他们以《浮士德》中的女主人公名"海伦"称呼她，因为觉得她像海伦一样极富女性美。而叶卡捷琳娜称普希金为"靡菲斯陀"，称沃尔夫为"浮士德"。

叶卡捷琳娜·瓦西里耶夫娜·维尔亚舍娃

（1829）

当驱车驶近伊若雷①站，

我抬眼望了一下高天，

立刻回想起您的秋波，

您那蓝光荧荧的双眼。

虽然我如今满怀惆怅，

为您贞洁的美色销魂，

虽然我在特维尔②省里，

一向有万皮尔③的雅名，

但我还没有一点胆量

在您的石榴裙下屈尊，

我不愿用钟情的哀求，

去扰乱您的那颗芳心。

① 伊若雷，由托尔若克至彼得堡路上最后一个驿站的名称。
② 特维尔，俄国的一个省名。
③ 万皮尔，误传为拜伦所作的同名长篇小说的主人公。

也许我带着嫌恶之情,

陶醉于上流社会的浮华,

因此我将暂时地忘却

您那容貌的闭月羞花,

那轻盈的腰身,匀称的动作,

您那小心翼翼的谈话,

还有您那谦恭的沉静、

狡狯的微笑和机灵的眼神。

如果不……我将在一年之后,

再一次踏着旧的脚印,

寻访您那可爱的地方,

直到十月末尽情爱您。

(顾蕴璞 译)

安娜·彼得洛夫娜·凯恩

(1800—1879)

安娜·彼得洛夫娜出身于贵族家庭，在特维尔州的庄园里度过了童年，读书是她最大的爱好。她还不满十七岁时，在父亲的安排下嫁给了五十二岁的将军叶尔莫拉伊·费奥多洛维奇·凯恩。几经努力，一八二七年，凯恩终于彻底离开了丈夫，不断地寻找真爱。一八二六年五月七日，普希金在给沃尔夫的信中称凯恩是"巴比伦荡妇"。一八三六年，凯恩与十六岁的士官生、也是她的堂弟亚历山大相恋，从此淡出社交圈，开始了宁静的家庭生活。晚年的凯恩因为生活贫困，变卖了普希金写给她的信。

一八一九年，普希金在彼得堡一个舞会上初识风情万种的凯恩。凯恩最初对普希金没有特别的好感，但当她读了普希金的诗后，态度发生了极大的转变。一八二五年，凯恩去姑妈普拉斯科维娅·亚历山德洛夫娜·奥西波娃－沃尔夫的领地消夏，与当时在米哈伊洛夫斯克的普希金再次相遇。两村相邻，二人交往较多，凯恩离开时，诗人在赠诗中留下传世佳句"我记得那美妙的一瞬"。

安娜·彼得洛夫娜·凯恩

致 凯 恩

(1825)

我记得那美妙的一瞬:

眼前出现了你的倩影,

宛若转眼即逝的幻景,

宛若纯美升华的精灵。

当我被绝望的忧伤缠住身,

纷扰的生活不让我得安宁,

耳畔常响起你温柔的声音,

梦中总浮现你亲切的倩影。

岁月流逝,那一阵暴风①

驱散了往日向往的美梦,

---

① "暴风"喻指沙皇因普希金写了《自由颂》等叛逆诗而将他流放到南俄等地四年(1820—1824)。

我便淡忘你温柔的声音，

淡忘你那天仙般的倩影。

身受囚禁，在静僻的乡间，

我一天天地苦挨着人生，

没了女神①，没了灵感，

没了眼泪、活力和爱情。

心灵逢上复苏的时分，

眼前又出现你的倩影，

宛若转眼即逝的幻景，

宛若纯美升华的精灵。

我的心跳荡得如醉似狂，

为着它一切重又复生：

有了女神，有了灵感，

有了活力、眼泪和爱情。

（顾蕴璞 译）

---

① 普希金以对美的向往为创作灵感的源泉，并以"女神"比喻所倾慕的美女。

征 兆

（1829）

我去看您，仿佛有一连串
活灵活现的梦在把我缠搅。
月亮从我头顶的右上方，
伴着我勤快的脚步飞跑。

我离开您，于是另一些梦……
忧伤充满了钟情的心，
月亮从我头顶的左上方，
伴我的脚步踽踽而行。

我们诗人也和这一样，
永远孤独地沉湎于幻想；
一些迷信的征兆也如此
与心中的感情一齐消长。

（顾蕴璞 译）

安娜·阿列克谢耶夫娜·奥列宁娜

(1808—1888)

彼得堡艺术院院长、公共图书馆馆长阿列克谢·尼古拉耶维奇·奥列宁知识渊博，会十种语言，经常在彼得堡的家里组织文学沙龙。在父亲的影响下，小女儿安娜·阿列克谢耶夫娜从小热爱阅读，爱好文学。十七岁时，她被选为女官。

普希金在奥列宁家的文学沙龙上认识了安娜，被她"天使般的眼神"深深吸引。她当时正值婚嫁的年龄，求婚者众多，包括普希金。但她犹豫不决，据说普希金与她表姐凯恩的关系是障碍之一。普希金的求婚没有遭到断然拒绝，但最终还是没有成功。一八四〇年安娜·奥列宁娜结婚，婚后丈夫对她与普希金的交往始终耿耿于怀。

安娜·阿列克谢耶夫娜·奥列宁娜

你 和 您

（1828）

她①无意中把客套的您

脱口说成了亲热的你，

于是一切幸福的遐想

在恋人心中被她激起。

我满腹心事站在她的面前，

把视线移开，我着实无力；

我对她说：您多么可爱！

心里却想：我多么爱你！

（苏杭 译）

① 指安·阿·奥列宁娜。

（1828）

美人儿啊，不要在我面前唱起

那悲伤的格鲁吉亚的民歌[①]：

那凄婉的歌声使我想起了

遥远的河岸和另一种生活。

唉！你那如泣如诉的旋律

使我想起那茫茫的草原，

那黑夜和那月光辉映下

远方可怜的少女的容颜。

当我看到了你，就忘却了

那可爱的、在劫难逃的幻影；

---

① 这首诗洋溢着格鲁吉亚民歌的曲调，这种曲调是格里鲍耶多夫告诉米·伊·格林卡并由格林卡的学生安·阿·奥列宁娜演唱的。

但是你一唱起来——我的眼前

就又重新浮现出她的音容。

美人儿啊,不要在我面前唱起

那悲伤的格鲁吉亚的民歌:

那凄婉的歌声使我想起了

遥远的河岸和另一种生活。

(苏杭 译)

预　感[1]

（1828）

在我的头顶上空，滚滚的乌云

悄悄地，又在凝集肆虐；

那贪婪的命运又一次

降临灾难，给我以威胁……

我对命运依然投以轻蔑？

面对着它，我是否保持着

我骄傲的青春固有的那种

耐性和坚贞不屈的气节？

---

[1] 法国诗人安德列·谢尼耶（1762—1794）在法国资产阶级大革命的初期曾对革命表示非常欢迎，但后期反对审判国王，因此与雅各宾派产生矛盾。1794年7月25日，雅各宾党人逮捕并处死了安德列·谢尼耶。几天之后，在热月政变中罗伯斯庇尔被推翻，他和他的追随者被处死。普希金对法国资产阶级大革命的态度与安德列·谢尼耶相似，同时，他因为受到沙皇的迫害而感到与受到皇帝迫害的安德列·谢尼耶有共鸣。亚历山大一世去世的消息传出后，普希金写信给彼·亚·普列特尼奥夫说："我可真是一个预言家，预言家！我要把安德列·谢尼耶的姓名用经书的字体刊印出来。"这就是普希金写于1825年的《安德列·谢尼耶》，这首诗表达了诗人对俄国十二月党人推翻沙皇的希望。

我为急骤的生活弄得十分衰朽，

我泰然自若地等待着风狂雨骤：

也许，我还能够得救，

会重新找到避风的港口……

但是，我预感到离别，

那不可避免的时刻即将临头，

我的天使①啊，最后一次了，

我匆匆忙忙握了握你的手。

娇柔的、娴静的天使啊，

轻轻地对我说一声：再见，

悲伤吧：任你抬起还是垂下

你那双脉脉含情的碧眼；

就让我对你的美好的回忆

在我的心灵里将去替换

我的青年时代的力量，

那时的骄傲、期望和勇敢。

（苏杭　译）

---

① 指安·阿·奥列宁娜。

（1828）

豪华的京城，可怜的京城，①

不自由的内心，端庄的外形，

湛青而又苍白的上天的穹隆，

大理石、百无聊赖和寒冷——

但我依旧对你要表点同情，

因为有时候，就在这座城中

有一双小脚儿在款步行走，

一绺金黄色的鬈发随风飘动。②

（苏杭　译）

① 这首诗为普希金准备由彼得堡去米哈伊洛夫斯克时所作。
② 最后两行指安·阿·奥列宁娜。

（1829）

我爱过您；也许，我心中，

爱情还没有完全消退；

但让它不再扰乱您吧，

我丝毫不想使您伤悲。

我爱过您，默默而无望，

我的心受尽羞怯、忌妒的折磨；

我爱得那样真诚，那样温柔，

愿别人爱您也能像我。①

（顾蕴璞 译）

---

① 据奥列宁娜的孙子说，1833年普希金在早年给奥列宁娜纪念册的这首题诗旁写道："早已过去。"

玛利亚·安东诺夫娜·杰尔维格

（1809—？）

玛利亚·安东诺夫娜·杰尔维格是普希金皇村中学同学安东·安东诺维奇·杰尔维格男爵的小妹妹。安东·安东诺维奇·杰尔维格男爵是诗人、出版人，一八一一年入皇村中学，成为普希金的同学。普希金不仅珍视与杰尔维格的友谊，而且赞赏他的诗才。

一八一五年底到一八一六年初，杰尔维格一家在皇村过圣诞节。普希金认识了杰尔维格的小妹妹玛利亚·安东诺夫娜·杰尔维格。

(玛利亚·安东诺夫娜·杰尔维格的画像没有留存,以一少女剪影替代)

致玛·安·杰尔维格男爵小姐

（1815）

您才八岁，而我已经十七，
我也曾度过八岁的良辰；
但岁月已逝。不知为何上帝
赐我厄运，竟让我成为诗人。
时光不复返，一切皆成往事，
我人已老，但从不信口雌黄：
相信我，我们得救只靠信仰。
请听我说，您像阿摩尔一样完美，
生着同小爱神一样稚气的面庞，
长到我这年龄，您将成为维纳斯。

  倘若至高无上的宙斯

  还让我侥幸地留在人世，

  我说话也还娓娓动听，

  男爵小姐，我必向您奉送

  具有拉丁风格的赞美诗。

其中虽少许真诚的赞颂,

也不加任何精雕的文饰,

但却充满真挚的友情。

我要说:"为了您的眼睛,

噢,男爵小姐,在舞会期间,

当人人向您目送艳羡,

为答酬我往日献诗之情,

您能否回眸望我一眼?"

待到有一天阿摩尔和许门[①]

祝贺我优美标致的玛利亚

成为年轻美貌的夫人,

不知我面临苍老的年华,

能否用诗来贺您的新婚?

(韩志洁 译)

---

① 希腊神话中的婚姻之神。

阿捷里·亚历山德洛夫娜·达维多娃

（约1808—约1882年）

阿捷里·亚历山德洛夫娜·达维多娃是十二月党人秘密团体"南社"的重要活动家之一亚历山大·里沃维奇·达维多夫（1773—1833）的小女儿。达维多夫去世后，阿捷里被母亲阿格拉娅·安东诺夫娜·达维多娃带去了巴黎，并在那里成为一名虔诚的天主教徒。

一八二〇年冬普希金在石城的时候，见到了十二岁的阿捷里。他的热情如火弄得小姑娘不知所措。朋友雅库什京问普希金为什么无理取闹，普希金回答说："我要惩罚这个卖弄风情的小姑娘。她先讨好我，这会儿又冷冷地对我，看都不想看我一眼。"

阿捷里·亚历山德洛夫娜·达维多娃

给阿捷里

（1822）

玩儿吧，阿捷里，

管它什么忧郁；

卡里忒斯和列丽[①]

把花冠赐给你，

而且还轻摇过

你的摇篮；

静谧而明媚啊——

你的春天；

你来到人世

就是为了享乐；

这欢欣的时刻

切莫，切莫放过！

---

① 按照当时的错误观念，此系古斯拉夫的爱神。实际上只不过是歌中的一个重唱词而已。

把少年的岁月

都献给爱情,

爱吧,阿捷里,

在世界的嘈杂声中

爱我的芦笛。

(王守仁　译)

阿芙多季娅·伊万诺夫娜·戈里琴娜

(1780—1850)

阿芙多季娅·伊万诺夫娜·戈里琴娜出身豪门,但她在七岁和十一岁时分别失去父亲和母亲,由没有子嗣的叔叔抚养成人。她的叔叔主管克里姆林宫的建设设计和莫斯科所有古建筑的修复,在叔叔家里,美丽的阿芙多季娅得到了十足的宠爱和良好的教育。一七九九年六月,阿芙多季娅·伊万诺夫娜由沙皇婚配给戈里琴伯爵。戈里琴伯爵虽然富有,但相貌平平、朴实无华,很难吸引光芒四射的妻子。一八〇一年,戈里琴娜离开丈夫,携子在国外居住。屠格涅夫在巴黎时拜访过她。

阿芙多季娅·伊万诺夫娜·戈里琴娜曾在彼得堡组织过文学沙龙,人称"夜皇后"。一八一七年至一八二〇年,中学毕业后的普希金常常参加她组织的文学沙龙,并深深地迷恋上这位"夜皇后"。

阿芙多季娅·伊万诺夫娜·戈里琴娜

给戈里琴娜大公夫人寄《自由颂》时附诗一首

（1818）

我为纯朴的大自然所抚养，

因此我常常要放声歌唱，

歌唱自由的美好幻想；

在幻想中呼吸它的沉香。

可是当我望着你，听你讲话，

结果呢？……我这软弱的人呀！……

结果我情愿永远放弃自由，

一心只求个奴隶的生涯。

（乌兰汗 译）

(1821)

我的朋友，我忘了过往岁月的足迹，
忘了我激流跳荡的青春时期，
请不要问我什么已经不在人世，
在忧伤与欢乐里我曾得到过什么，
　　我爱谁，以及谁把我抛弃。
且让我独自咀嚼破碎的喜悦；
但你，天真的姑娘，是为幸福而生！
要坚信幸福，捕捉疾飞的时刻：
你的心充满生机，为友谊，为爱情，
　　为亲吻的甜美和激动；
你的心单纯，决不会理解沮丧；
你稚气的良知像晴空一样明朗，
你何苦要听枯燥乏味的故事，
　　其中只有亢奋与癫狂？

它必定会使你平静的心海起波澜；
你会因此而流泪，你的心会颤动，
无忧无虑会飞离你的轻信的心田，
你对我的爱情……可能感到惊恐。
也许，永远……不，我的爱，
我唯恐失去这最后的欢乐，
不要强求我作出危险的表白：
今天我在爱，今天我快活。

（谷羽　译）

叶莲娜·米哈伊洛夫娜·扎瓦多夫斯卡娅

(1807—1874)

波兰父亲与俄国母亲的血统,赋予了叶莲娜·米哈伊洛夫娜惊世的美貌。波斯王子霍兹列夫-米尔扎说,"这个美人的每一根睫毛都像箭一般打动人心"。她十七岁时嫁给扎瓦多夫斯基伯爵。

普希金经常在贵族圈中遇到扎瓦多夫斯卡娅伯爵夫人。

叶莲娜·米哈伊洛夫娜·扎瓦多夫斯卡娅

美人儿[1]

（1832）

她的姿容奇美、和谐，

超脱凡俗，丽质高洁；

秀美中显得端庄凝重，

面含娇羞，文雅娴静；

她一双明眸环视四周，

没有敌手，没有女友；

我们一圈苍白的粉黛，

被她照耀得不复存在。

无论你匆匆去往何地，

纵然为爱情约会焦急，

无论有什么奇思妙想，

---

[1] 普希金把这首诗写在叶·米·扎瓦多夫斯卡娅的纪念册上。扎瓦多夫斯卡娅读到这首诗后致信普希金，感谢他实现了自己"热切的夙望"，并表示对他怀有"最美好的情感"。

在你的心底秘密珍藏——

遇见她,你会困窘慌乱,

不由自主地停步不前,

你心怀虔诚如对神明,

对美的极致由衷崇敬。

(谷羽 译)

娜塔莉娅·雅科夫列夫娜·波柳斯科娃
（约 1780—1845）

一七九七年，娜塔莉娅·雅科夫列夫娜·波柳斯科娃从斯摩尔学院毕业，然后成为伊丽莎白·阿列克谢耶夫娜皇后的宫廷女官。皇后喜爱文学，娜塔莉娅·雅科夫列夫娜·波柳斯科娃因而得以结识了卡拉姆辛、维亚泽姆斯基、茹科夫斯基、屠格涅夫等著名作家。

普希金在皇村中学时初见波柳斯科娃，流放南方之前和生命的最后几年间他们之间的联系较多。普希金始终怀着真诚与尊重的态度对待波柳斯科娃。

娜塔莉娅·雅科夫列夫娜·波柳斯科娃

致娜·雅·波柳斯科娃[①]

（1818）

我这只平凡而高贵的竖琴，

从不为人间的上帝捧场，

一种对自由的自豪感使我

从不曾为权势烧过香。

我只学着颂扬自由，

为自由奉献我的诗篇，

我生来不为用羞怯的缪斯

去取媚沙皇的心欢。

但，我承认，在赫利孔山麓，

---

① 亚历山大一世不喜欢皇后伊丽莎白·阿列克谢耶夫娜，而皇后对沙皇执行的反动政策也心怀不满。皇后对文学活动颇感兴趣，她从事慈善事业，在俄国自由主义的社会团体当中享有盛名与同情。普希金这首诗，通过女官娜塔莉娅·雅科夫列夫娜·波柳斯科娃表示了对当时处于失宠地位的皇后的赞扬。当时以费·尼·格林卡为核心的秘密团体准备举行宫廷政变，以皇后取代亚历山大一世。格林卡正是在他办的《教育的竞赛者》杂志上刊出了这首诗，题名是:《对号召为伊丽莎白·阿列克谢耶夫娜皇后陛下写诗的回答》。

在卡斯达里①泉水叮咚的地方,

我为阿波罗所激励,所鼓舞,

暗地里把伊丽莎白颂扬。

我,天堂里的人世的目击者,

我怀着炽热的心一颗,

歌唱宝座上的美德,

以及她那迷人的姿色。

是爱情,是隐秘的自由

使朴实的颂歌在心中产生,

而我这金不换的声音

正是俄罗斯人民的回声。

(乌兰汗　译)

---

① 希腊帕耳那索斯山上的一口泉。神话中它是阿波罗与缪斯的圣泉,能给诗人与音乐家以灵感。

卡里普索·波丽赫隆尼
（1804—1827）

卡里普索·波丽赫隆尼是希腊人，拥有罕见的语言天赋，精通土耳其语、希腊语、阿拉伯语、意大利语、法语和罗马尼亚语。相传卡里普索十五岁时在土耳其遇到拜伦并成为他的情人。

一八二一年卡里普索和孀居的母亲从敖德萨到基什廖夫，一八二四年三月在那里认识了普希金。据普希金的好友、传记作家弗·弗·维格里说，普希金是拜伦的崇拜者，因此对传说中拜伦的情人产生了极大的兴趣。卡里普索个子不高，身材瘦削，五官端正，大鹰钩鼻，她最大的特点是音色柔美。

卡里普索·波丽赫隆尼

(普希金绘)

给一个希腊女郎

（1822）

你来到人世就是为了

把诗人们的想象点燃，

你以那活泼亲切的问候，

你以那奇异的东方语言，

你以那放荡不羁的玉足

和那晶莹闪亮的眼睛

使他心乱神迷和折服，

你为了缠绵的愉悦而生，

为了激情的陶醉而降。

请问——当莱拉的赞美者①

把自己永不改变的理想

描绘成神圣的天国，

---

① 指英国诗人拜伦。莱拉是他的长诗《异教徒》的女主人公。普希金对该诗的评价很高。

那折磨人的可爱的诗人

莫不是在把你的形象描画?

也许，在那遥远的国度，

在神圣的希腊的天空下，

那充满灵感的受苦人

认出或看见了你，犹在梦中，

于是在他心灵的深处

便珍藏了你那难忘的倩影?

那魔法师也完全可能

以美妙的琴声诱惑了你；

你那一颗自尊的心

便不知不觉不住地战栗，

于是你偎依在他的肩头……

不，不，我的朋友，我不愿

由于幻想而怀有嫉妒的情焰；

幸福早已与我无缘，

而当我再次把幸福得到，

又不由地暗暗为忧思所苦恼，

我担心：凡可爱的都不可靠。

（王守仁　译）

给一个异国女郎

（1822）

我用你不明白的语言，

给你抒写赠别的诗句，

可是在愉快的迷误里

我希望能引起你的注意：

我的朋友，在离别的时分，

我将抑制情感，绝不消沉，

我将继续崇拜你，一如往昔，

我的朋友，只崇拜你一人。

在你注视别人的面庞时，

请一定相信我的这颗心，

就像你先前信任过那样，

尽管不了解它的激情。

（王守仁　译）

叶卡捷琳娜·尼古拉耶夫娜·拉耶夫斯卡娅

（约 1797—1885）

叶卡捷琳娜·尼古拉耶夫娜·拉耶夫斯卡娅的父亲是尼古拉·尼古拉耶维奇·拉耶夫斯基将军，他是一八一二年战争中的英雄，也是普希金的好友。一八二一年她嫁给陆军少将奥尔洛夫，当丈夫因参加十二月党人起义而被捕后，她随夫流放。丈夫去世后，她整理曾祖父、俄国著名学者罗蒙诺索夫的档案，以及所有关于普希金的评论。

一八一七年普希金认识了叶卡捷琳娜·尼古拉耶夫娜·拉耶夫斯卡娅，不过直到一八二〇年他们一起旅行时才熟识，文学是他们共同的爱好，普希金非常尊敬她。这年九月二十四日普希金写信对家人说，拉耶夫斯基家的女儿都很"迷人"，而大女儿叶卡捷琳娜更是"与众不同"。

叶卡捷琳娜·尼古拉耶夫娜·拉耶夫斯卡娅

（1820）

唉！她①为何还要闪现

片刻的娇嫩的红颜？

她在萎谢，这很明显，

虽然正值妙龄华年……

就要谢了！青春的时光

给她享用的已不久长；

她也不能够指望长期

给和美的家增添乐趣，

用旷达、可爱的机敏

来助长我们的谈兴，

以文静、开朗的心胸

抚慰受苦人的魂灵……

① 指叶卡捷琳娜·尼古拉耶夫娜·拉耶夫斯卡娅。她当时在南方养病，普希金被流放到南方，在尤尔祖夫时写下这首诗。

任阴郁的思潮激荡,

我隐蔽起我的沮丧,

尽量多听她的笑谈,

不住气地把她欣赏;

倾听她的一言一语,

观察她的一举一动;

一瞬间的暂时分离

都使我的灵魂惊恐。

(陈馥 译)

瓦尔福洛梅伊·叶戈洛夫娜·普里赫利娅

(1802—1868)

瓦尔福洛梅伊·叶戈洛夫娜是家里唯一的女儿。她的父亲叶戈尔·基里洛维奇·瓦尔福洛梅伊是比萨拉比亚州的军需官,母亲是希腊驻敖德萨公使的女儿。这是热情好客的一家人,曾在家中接待过亚历山大一世,之后常常在那个厅里举办茨冈人的晚会。

普希金在比萨拉比亚期间,常常参加他家的晚会,一边欣赏奇特的茨冈歌舞,一边欣赏主人家美丽清纯、天真可爱的女儿。据友人回忆,普希金非常珍视少女"无邪的美貌和温顺的内心",认为她"没有欲望,没有嫉妒"。一八三〇年,普希金在给朋友的信中说:"比萨拉比亚之行至今没有写进我的诗里或散文里。请给我时间,希望你会看到,我什么都没有忘记。"

瓦尔福洛梅伊·叶戈洛夫娜一生都非常珍惜普希金写给她的诗。

瓦尔福洛梅伊·叶戈洛夫娜·普里赫利娅

少　女

（1821）

我告诉过你：要回避那娇美的少女！
我知道，她无意中也叫人心驰神迷。
不检点的朋友！我知道，有她在场，
你无心旁顾，决不会寻觅别的目光。
明知没有指望，忘记了甜蜜的负心，
她的周围燃烧着情意缠绵的年轻人。
他们都是幸运的宠儿，天生的骄子，
却向她恭顺地倾诉爱慕眷恋的情思；
然而那骄矜的少女厌恶他们的感情，
垂下明亮的眸子，既不看，也不听。

（谷羽　译）

索菲娅·费奥多洛夫娜·普希金娜
（1806—1862）

索菲娅·费奥多洛夫娜·普希金娜自幼父母双亡，和妹妹安娜一起由一位贵族抚养，长大后成为莫斯科著名的美女。她是普希金的堂妹。

一八二六年秋，普希金认识了她，并立即被她希腊式的美貌吸引了，但他知道有个青年已经追求普希金娜两年了。索菲娅·费奥多洛夫娜是普希金第一个认真考虑的结婚对象。当年十一月普希金因事外出前，普希金娜温柔地请他赶在十二月一日前回来，但由于马车翻车，普希金没有及时出现。迟到的普希金决心求婚，但遭到了拒绝。

索菲娅·费奥多洛夫娜·普希金娜

冬天的道路

（1826）

透过烟波翻滚的迷雾，

月亮露出了自己的面庞，

它忧郁地将自己的光华，

照在忧郁的林间空地上。

一辆轻捷的三套马车

在寂寥的冬天的道路上飞奔，

听起来实在令人厌倦，

那叮当响着的单调铃声。

从车夫的悠长的歌声里

能听出某种亲切的情绪：

一会儿像是豪放的欢乐，

一会儿像是焦心的忧虑……

不见灯火和黝黑的茅舍,

只有一片莽原和冰雪……

只有一个个带着花纹的

里程标,在前面把我迎接……

寂寞,忧郁……尼娜①,明天,

我将回到心爱的人儿身边,

坐在壁炉前我将忘怀一切,

对着你,怎么看也不觉厌倦。

时针嘀嗒响着完成了

自己节奏匀整的一圈,

午夜打发走那些讨厌的人,

可并不能把我们拆散。

愁人啊,尼娜;我的旅程太寂寞,

我的车夫瞌睡了,不再响动,

---

① 尼娜很可能是普希金虚构的人物,是他理想中的伴侣。这里讲到尼娜,显然含有和索·费·普希金娜结婚的意思。

只有铃声在单调地响着,

月亮的脸被遮得一片朦胧。

(魏荒弩 译)

叶卡捷琳娜·尼古拉耶夫娜·乌沙科娃

（1809—1872）

叶卡捷琳娜·尼古拉耶夫娜·乌沙科娃一家是世袭贵族，作家和音乐家是她家的常客。一八二六年末，普希金在贵族会议的舞会上认识了十七岁的叶卡捷琳娜·尼古拉耶夫娜，并爱上了她，她符合诗人对未来妻子的所有理想——"美丽，聪明，幽默，亲切，有高度的责任感"。叶卡捷琳娜·尼古拉耶夫娜早就崇拜普希金，会背诵他的所有诗句，为了成为好妻子，她记下普希金的爱好和习惯。

但占卜师说普希金将"死于自己的金发妻子"，而叶卡捷琳娜正是金发。因此，普希金最终没有勇气求婚。诗人死于决斗后，作家韦列萨耶夫说，如果叶卡捷琳娜·尼古拉耶夫娜成为诗人的妻子，"她应该会保护我们的普希金多活几年"。直到普希金死后，叶卡捷琳娜·尼古拉耶夫娜才出嫁。她在心底珍藏着对普希金的爱恋，临终前不顾女儿们的反对烧毁了所有与普希金的通信，她说："我们热烈地互相爱着，这是我们心底的秘密，让它随我们走吧。"

叶卡捷琳娜·尼古拉耶夫娜·乌沙科娃

给叶·尼·乌沙科娃（一）①

（1827）

古时候常常这样，一旦

出现一个精灵，或称鬼精，

这样一句普通的格言

就能把撒旦赶出门：

"阿门，阿门，该死的！"而在我们时代

魔鬼和鬼精，恐怕已经很少很少，

它们究竟藏在哪儿，只有上帝知道，

但你呀，我狠心的或善良的天才②，

当我如此亲近地看见

你的侧影、你的眼睛、你金色的鬈发，

当你的声音就响在我的耳边，

---

① 一八二七年四月三日，普希金把这首诗写在叶卡捷琳娜·尼古拉耶夫娜·乌沙科娃的纪念册上。标题中的序号为编者所加，以区别于下一首诗。
② "天才"即"精灵"之意，或直译为"精灵"。

还有你的又活泼又生动的谈话——

　　我简直入迷了,我全身似火,

我在你的面前不住地颤动,

对着一颗充满梦想的心灵:

"阿门,阿门,该死的!"——我说

（**卢永　译**）

给叶·尼·乌沙科娃（二）①

（1827）

虽然距离您很远很远，

我还是不能和您分离，

慵倦的嘴唇，慵倦的双眼，

还将是我的痛苦的回忆；

无论孤寂中怎样悲伤，

我也不希求别人的宽慰——

如果我有一天被吊在刑场，

您呢，会不会为我叹一口气？

（卢永　译）

---

① 这首诗写于一八二七年五月普希金去彼得堡前夕。结尾部分虽带有戏剧的意味，也反映了诗人对十二月党人被处死的经常的回忆和对他的《安德列·谢尼耶》一诗（见第76页注释）所引起的自身政治情况又急骤变坏的痛苦的思考。标题中的序号为编者所加，以区别于上一首诗。

伊丽莎白·尼古拉耶夫娜·乌沙科娃

（1810—1872）

伊丽莎白·尼古拉耶夫娜·乌沙科娃是叶卡捷琳娜·尼古拉耶夫娜·乌沙科娃的妹妹，普希金在她的纪念册里留下了不少素描。她后来嫁给普希金的好友基塞列夫，夫妇二人与普希金保持了终生的友谊。

伊丽莎白·尼古拉耶夫娜·乌沙科娃

给伊·尼·乌沙科娃

（1829）

您是造化的一个宠儿，

它让您一人得天独厚；

我们无尽无休地夸赞，

反使您觉得厌烦难受。

您自己早已十分清楚：

理所当然要令人倾倒；

您有阿尔米达①的秋波，

您有西尔菲达②的柳腰，

您那两片鲜红的芳唇，

像和谐的玫瑰般妖娆。

---

① 阿尔米达，意大利诗人塔索的长诗《解放了的耶路撒冷》中的女主人公，是个有魔力的美女。
② 西尔菲达，西欧某些民族神话中的女气精或气仙女，常用来比喻婀娜多姿的美女。

我们的诗,我们的散文,

对您只是纷扰和徒劳。

可是那对美人的回忆

一经勾起了我的心魂,

我就要把一挥而就的诗,

往您的纪念册里留存。

也许您将会不禁想起,

有个人曾经将您歌唱,

当普列斯尼亚广场①四周,

还没有围起一道板墙。

(顾蕴璞 译)

---

① 普列斯尼亚广场,位于旧莫斯科市区(西部),在乌沙科娃住宅所在的中普列斯尼亚近旁。

亚历山德拉·米哈伊洛夫娜·科洛索娃

（1802—1880）

亚历山德拉·米哈伊洛夫娜·科洛索娃是彼得堡著名女芭蕾舞演员，家中常常宾客如云。刚刚从皇村中学毕业的普希金是她家的常客。科洛索娃对普希金的印象是——"一分钟也坐不住，转来转去，跳来跳去"。一八一八年底，科洛索娃在舞蹈事业上取得巨大成功，举办了第一场个人专场表演。

一八二七年秋普希金流放归来时，科洛索娃已经成为普希金好友、著名演员卡拉登京的妻子。科洛索娃曾经期待出演普希金的历史剧《鲍利斯·戈东诺夫》，但因检查机关没批准上演而未成。一八三七年，科洛索娃参加了普希金的葬礼。

亚历山德拉·米哈伊洛夫娜·科洛索娃

咏科洛索娃

（1820）

爱斯菲尔里一切都使人着迷——

谈吐是那样地使人陶醉，

披着红袍，步态典雅庄重，

披肩的鬈发又浓又黑，

眉毛描画得那样浓重，

秋波含情脉脉，声音圆润甜美，

手臂，香粉施得那样惨白，

还有那双笨重的大腿！①

（苏杭　译）

---

① 亚历山德拉·米哈伊洛夫娜·科洛索娃于一八一九年一月在拉辛的悲剧《爱斯菲尔》中充任主角。这一角色曾经由著名女演员叶·谢·谢苗诺娃（1786—1849）扮演，普希金不仅对她的表演给予很高评价，而且为她本人倾倒。科洛索娃对此心存不满，于是在言语中挖苦普希金，普希金在这首诗中嘲笑科洛索娃的腿粗，以回击她的挖苦。

给卡捷宁①

（1821）

是谁给我寄来她的肖像？

容光神秀天仙似的风韵；

作为天才的热情崇拜者，

我从前是赞美她的诗人。

当美人儿享受香烟供奉，

以声名炫耀，孤标不群，

我用嘘声压倒一片赞颂，

大概是出自偏颇的气愤。

偶尔的短暂愤懑平息了，

再不会弹出嘈杂的琴音，

---

① 帕维尔·亚历山德洛维奇·卡捷宁（1792—1853），俄罗斯诗人，剧作家，是女演员亚历山德拉·米哈伊洛夫娜·科洛索娃的导师。普希金在《咏科洛索娃》一诗中曾嘲讽过这位女演员。为了赎回自己的"过失"，诗人借一本新版书封面有科洛索娃的版画肖像一事，以给卡捷宁赠诗的形式，向科洛索娃寄赠了这首赞美诗。

面对色里曼娜和莫伊娜①,

好朋友,有罪的是竖琴。

神明啊,凡人心浮气躁,

因一时糊涂冒犯了你们;

但不久,瑟瑟发抖的手,

会向你们奉献新的贡品。

(谷羽 译)

---

① 色里曼娜是莫里哀喜剧《恨世者》中的人物;莫伊娜是奥泽洛夫的悲剧《芬加尔》中的人物。科洛索娃曾经扮演过这两个角色。

阿玛利亚·利兹尼奇

(1802—1825)

阿玛利亚是维也纳银行家里普的女儿，塞尔维亚人，出嫁前全名是"阿玛利亚·罗塞利亚·索菲娅·埃利莎白特·里普"。她十八岁时嫁给敖德萨商业银行经理伊万·斯捷潘诺维奇·利兹尼奇。混血儿阿玛利亚本就姿色出众，加上穿戴不俗，更显得鹤立鸡群。

一八二三年春，利兹尼奇一家到达敖德萨，顿时受到当地人的欢迎，除了另一位名媛沃隆佐娃公爵夫人。

当时在敖德萨的普希金认识阿玛利亚·利兹尼奇后，对她产生了一生中最热烈的爱恋，为她写下了一行行热情似火的诗句。阿玛利亚·利兹尼奇的丈夫说，"普希金在阿玛利亚身边像一只小猫"。可惜，阿玛利亚·利兹尼奇疾病缠身，一八二四年五月离开俄国求医，次年不幸早逝。

阿玛利亚·利兹尼奇

（1823）

你肯宽恕么，我嫉妒的幻梦，

我的爱情的失去理智的激动？

你对我是忠实的，可为什么

又常使我的感情饱受惊恐？

置身于大群爱慕者的包围圈里，

你为什么对一切人都那么亲昵，

让所有的追求者希望空萌，

时而目光奇特，时而温柔，时而忧郁？

你驾驭了我，使我失去理性，

你对我不幸的爱情深信不疑。

你没看见，在那群狂热者中间，

我落落寡合，茕茕孑立，默默无语，

忍受着孤独和苦闷的熬煎，

你不置一词，不屑一顾，无情无义！

我有意回避，你照样爱理不理，

眼神里没有祈求，没有疑虑。

如果另有一位美貌少女

和我亲昵地娓娓交谈，

你依然是那样无动于衷，

愉快的指责使我心灰意懒。

请问：当我那位终身的情敌

和我们俩面对面地相遇，

为什么他狡狯地向你致意？

他是你什么人？你说，他凭什么

脸色苍白、满怀猜忌？

从夜晚到黎明这段敏感的时辰，

母亲不在，你独自一人，衣衫半披，

又为什么要把他迎进家门？

我知道你爱我，和我在一起，

你那样情意绵绵，你的甜吻

火一样热！你的动情的话语

那么真诚地发自你的内心！

你觉得我的苦恼滑稽有趣，

但是你爱我，我对你理解，

我的爱侣，求你别再使我伤心：

你不知道,我爱得多么强烈,

你不知道,我的痛苦多么深沉。

(杜承南 译)

(1824)

一切都已结束,不再藕断丝连。

我最后一次拥抱你的双膝,

说出这令人心碎的话语,

一切都已结束——回答我已听见。

我不愿再把你苦追苦恋,

我不愿再一次把自己欺诳;

也许,往事终将被我遗忘,

我此生与爱情再也无缘。

你年纪轻轻,心地纯真,

还会有许多人对你钟情。

(杜承南 译)

（1824）

呵，我戴上了枷锁，玫瑰姑娘，①
但戴你的枷锁，我无愧于心。——
正如森林里的百鸟之王，
那只月桂树丛中的夜莺，
靠近孤芳自赏的玫瑰
失去了自由，却得意扬扬，
在令人沉醉的茫茫夜色里，
情意绵绵地为她歌唱。

（杜承南　译）

---

① 这首诗第一次发表时副题是《仿土耳其歌谣》。

（1826）

在自己祖国的蓝天下①

　　她已经憔悴，已经枯萎……

终于凋谢了，也许正有一个

　　年轻的幽灵在我头上旋飞；

但我们却有个难以逾越的界限。

　　我徒然地激发起自己的情感：

从冷漠的唇边传出了她死的讯息，

　　我也冷漠地听了就完。

这就是我用火热的心爱过的人，

　　我爱得那么热烈，那么深沉，

那么温柔，又那么心头郁郁难平，

---

① 这首诗是普希金得悉阿玛利亚·利兹尼奇在意大利死于肺结核的消息以后所作。诗的手稿标题为《1826年7月29日》（写作日期）。当时十二月党人起义失败，五名十二月党人被处决，其他人流放西伯利亚，普希金心情十分沉痛。

那么疯狂,又那么苦痛!

痛苦在哪儿,爱情在哪儿?在我的心里,

  为那个可怜的轻信的灵魂,

为那些一去不返的岁月的甜蜜记忆,

  我既没有流泪,也没有受责备。

(魏荒弩 译)

(1830)

你离开了这异邦的土地,

向祖国遥远的海岸驶去;

在那永世难忘的悲伤时刻,

我在你面前抑制不住地哭泣。

我的一双冰冷的手,

竭力想要把你挽留;

我恳求你不要松开拥抱,

在这断肠的别离的时候。

但是,你却把唇儿移开,

扯断了这痛苦的一吻;

你要我摆脱流放的生活,

黑暗的生活,到异地去安身。

你说:"我等待相会的日子,

头上是永远蔚蓝的天空,

在橄榄树下,我的朋友

我们将重温爱的热吻。"

唉,就在那个地方,天穹

蔚蓝蔚蓝的一片光明,

水中倒映着橄榄树影,

你却长眠,一梦不醒。

你的美貌,你的苦痛,

全都消失在墓穴之中,

连同那再会时的抱吻……

可是我等着它;你曾应允……

(丘琴 译)

伊丽莎白·克萨韦里耶夫娜·沃隆佐娃

(1792—1880)

伊丽莎白·克萨韦里耶夫娜是个混血美人,二十七岁时嫁给沃隆佐夫伯爵。

一八二三年七月,被流放的普希金从基什廖夫转到敖德萨,恰好在沃隆佐夫手下任职。九月六日,普希金第一次见到伊丽莎白·克萨韦里耶夫娜·沃隆佐娃。著名诗人弗·亚·索洛古勃说,沃隆佐娃浑身上下散发着独特的女性魅力,普希金等年轻男子爱上她一点也不奇怪。沃隆佐娃早就听说过激情四射的诗人,因此热情接待了她。但普希金对沃隆佐娃的情感比较慢热,这与当时她正在孕中有一定关系。

但很快,普希金对沃隆佐娃的爱恋升温,关系非常密切,这引起了沃隆佐夫伯爵的不满,于是普希金被转派去普斯科夫,但他与沃隆佐娃一直保持通信。在目前仅存的普希金写给沃隆佐娃的信(一八三三年三月五日)中,普希金自称"最忠实的奴隶"。一八二三年至一八二九年间,普希金给沃隆佐娃画了很多像。

一八三二年沃隆佐娃夫人见到了诗人的妻子娜塔莉娅。诗人离世后,一八四九年八月,沃隆佐娃夫人见到了改嫁后的娜塔莉娅,两人有过一番长谈。

沃隆佐娃很长寿,她对普希金始终怀着温情的回忆,每天都读普希金的诗。晚年视力衰退的她,命令仆人每天给她大声诵读普希金的诗集,从头读到尾,一遍又一遍。

伊丽莎白·克萨韦里耶夫娜·沃隆佐娃

(1824)

就算我已赢得美人的垂青，

珍贵的金环①上长留她的倩影，

还有秘束情札，多年痛苦的奖励，

但当独自一人苦度难熬的别离，

又有什么能使我赏心悦目，

就连心上人馈赠的唯一信物，

凄婉柔情的慰藉，山盟海誓的保证，

都不能平复这无望的苦恋的伤痕。

（杜承南　译）

---

① 金环，指镶嵌有心上人肖像的珍贵颈饰。

焚烧的情书

（1825）

永别了，情书！永别——是她①的叮嘱。

我久久地拖延！手儿也久久地踌躇，

它不肯把我的满腔欢乐化为灰烬！……

可是这又何必，时候到了。燃烧吧，爱的信。

我有准备；我的心儿不愿聆听任何劝告。

贪婪的火苗将把情书一页页地吞掉……

只消一分钟！……着了！燃烧——一缕轻烟

袅袅冉冉，伴随我的祷告一起飘散。

火漆已经熔化，从此再也看不见

钟情的指纹……啊，预见！终于实现！

焦黑的信纸就在眼前，弯弯曲曲；

轻飘飘的死灰上还残留着白色的痕迹……

---

① 她，指伊·克·沃隆佐娃。

我的心儿抖抖索索,多情的灰烬呀,

你是我凄苦命运中的惨淡的安慰,

请你永远留驻在我的悲凉的心底……

(乌兰汗 译)

追 求 荣 誉

(1825)

当爱情与安谧使我沉迷,

我跪在你的面前,默默不语,

端详着你的脸,我想:你属于我——

你知道,亲爱的,我是否在追求荣誉;

你知道:我从浮华的社会中解脱,

不愿再忍受诗人虚名的折磨,

风风雨雨弄得我筋疲力尽,

不再理睬远处的阵阵捧场与谴责。

当你低头向我送来郁郁的目光,

当你把手轻轻地放在我的头上,

当你悄悄地问我:你可幸福?你可爱我?

那时候啊,任何的宣判又能奈我何?

你还会爱别的女人吗,像爱我,你说?

你,我的朋友,会永远把我藏在心窝?

那时我感到困惑,我保持了沉默,

我整个身心都充满了欢乐,我思量,

根本不要去想未来的事情,永远

不会有可怕的别离的时刻……

结果呢?眼泪、苦恼、变心、诽谤,

突然一下子都在我的头上降落……

我怎么了,我在何处?我木然伫立,

像是在旷野上遇到了电打雷劈,

我眼前的一切都变得昏暗!如今

我为新的愿望所追逼:

我要追求荣誉,好让我的名字

时刻响彻你的耳际,让我把你

包围起来,让你把身旁的一切响声

都紧紧地和我联系在一起,

让你在寂静中倾听忠告时

也要想起我在花园中,在黑夜里,

在分别时最后道出的乞求的话语。

(乌兰汗 译)

（1825）

保护我吧，我的护身法宝①，

当我遭到迫害、感到懊恼，

当我心神不宁，你要保护我！

我是在悲痛的日子里把你得到。

当海洋掀起万丈波涛

在我的周围隆隆咆哮，

当乌云夹着雷电袭来——

保护我吧，我的护身法宝。

当我在异国忍受孤寂的煎熬，

或在无味的宁静中厮混逍遥，

---

① 伊·克·沃隆佐娃赠给普希金一枚戒指，诗人视它为护身法宝。

或在烽火连天的激战时候，

保护我吧，我的护身法宝。

神圣而又甜蜜的骗人之道，

心灵中有一盏明灯高照……

可是灯光熄灭，将人出卖了……

保护我吧，我的护身法宝。

但愿头脑中的回忆平平静静，

永远别刺痛心上的创伤道道，

别了，希望；睡吧，愿望；

保护我吧，我的护身法宝。

（乌兰汗　译）

(1825)

为了怀念你,我把一切奉献:

那充满灵性的竖琴的歌声,

那伤心已极的少女的泪泉,

还有我那嫉妒的心的颤动。

还有那明澈的情思之美,

还有那荣耀的光辉、流放的黑暗,

还有那复仇的念头和痛苦欲绝时

在心头翻起的汹涌的梦幻。

(乌兰汗 译)

永　诀

（1830）

我亲爱的人儿，在默想中，

我大胆地最后一次拥抱你。

往日的欢乐在心头浮起，

我满怀忧伤和温柔的回忆

饱享你对我的爱的赐予。

我们的岁月在奔驰、流逝，

它改变着一切，也改变着我们。

对于你所爱的诗人来说，

你已经蒙上一层坟墓的暗影。

对于你来说，你的朋友已经消失。

远方的爱人啊，我向你致意，

你要像一个孀居的妇人那样，

你要像一个好的朋友那样

（默默地拥抱即将服刑的朋友），

请接受我深情的寄语。

（丘琴　译）

片 断

（1830）

如今，我歌唱的

不是露水滋润的

帕馥斯①玫瑰花，

我用诗歌赞美的

不是洒上酒滴的

菲奥斯②玫瑰花；

而是幸福玫瑰花，

我的艾丽莎胸前

那一朵凋萎的花……

（丘琴　译）

---

① 帕馥斯，位于西色拉岛上的城市，据神话传说，阿佛洛狄忒是在那里的海水泡沫上诞生的。
② 菲奥斯，又作"泰奥斯"，城市名，希腊抒情诗人阿那克里翁的故乡。

亚历山德拉·奥西波夫娜·罗谢特

(1809—1882)

罗谢特是法国一个古老的家族。亚历山德拉·奥西波夫娜·罗谢特自幼接受了良好的教育，聪慧伶俐，能言善辩，而且与大诗人卡拉姆辛的女儿结为好友。父母早亡后，她进入宫廷，担任女皇玛利亚·费奥多洛夫娜的女官。她的追求者中，有普希金、维亚泽姆斯基、茹科夫斯基、奥陀耶夫斯基等名人。一八三二年，没有嫁妆的罗谢特最终选择了富有的尼古拉·米哈伊洛维奇·斯米尔诺夫。

亚历山德拉·奥西波夫娜·罗谢特在巴黎得知普希金不幸身亡，她写信告诉维亚泽姆斯基，普希金留给她的记忆是"完美的、纯洁的"。

亚历山德拉·奥西波夫娜·罗谢特

她 的 眼 睛①

（1828）

她②多么可爱——我在私下里说——

她是宫廷的骑士们的祸水，

她那双车尔凯斯人的眼睛

足可以同南方的星星，

更可以同诗歌相媲美，

她大胆地频频送秋波，

它燃烧得比火焰更妩媚；

但是，我应该承认，我那

奥列宁娜的眸子才算得美！

那里藏着多么深沉的精灵，

又有多少天真稚气的明媚，

又有多少懒洋洋的神情，

---

① 这首诗是普希金写给彼·安·维亚泽姆斯基的，后者在《乌黑的眼睛》一诗中曾歌颂亚历山德拉·奥西波夫娜·罗谢特。
② 她，指亚历山德拉·奥西波夫娜·罗谢特。

又有多少幻想、多少欣慰！……

她含着列丽①的微笑低垂着眸子——

那副美惠女神的扬扬得意；

抬起眸子来呢——拉斐尔的天使②

正是这样仰望着上帝的光辉。

(苏杭　译)

---

① 列丽，普希金时代的观念中古斯拉夫的神、爱神和牧人及歌手的保护者的名称。
② 著名油画《西斯廷的圣母》里的人物。

卡罗琳娜·索班斯卡娅

(1794—1885)

波兰美人卡罗琳娜一家与沙皇政府交往甚密。她在维也纳度过了童年,并学会了上层社会的所有礼仪。一八一三年,为了解决家庭财务危机,她嫁给了富有的敖德萨批发商耶洛尼姆·索班斯基。在当时偏远的敖德萨,卡罗琳娜·索班斯卡娅犹如一颗耀眼的明星。

一八二一年一月普希金在南方流放期间第一次见到卡罗琳娜·索班斯卡娅,顿时对她产生了"最冲动的、最痛苦的"爱。后来,他们在彼得堡再度相遇。

据说,《叶甫盖尼·奥涅金》中奥涅金写给塔吉雅娜的信取材于普希金给卡罗琳娜·索班斯卡娅写信的内容。

卡罗琳娜·索班斯卡娅

(1830)

我的名字对于你有什么意义?①

它像那拍击遥远海岸的沉闷涛声,

它像那密林深处夜半的幽响,

不会再在这个世界上留存。

在一篇纪念性的文章中,

它会留下无声的痕迹,

就像用难以辨认的文字

刻在墓碑上的潦草字体。

能有什么意义呢?在奔波

和烦扰中你早已把它忘记,

---

① 普希金应卡罗琳娜·索班斯卡娅之请在她的纪念册上写下这首诗。

它也不会给你的心带来

什么清晰的温柔的回忆。

但是,当你悲苦时,在静夜里,

你会满怀柔情地叨念起我的名字,

你将会说,世界上还有人记得我,

还有一颗心为我跳动不已……

(丘琴 译)

娜塔莉娅·尼古拉耶夫娜·冈察洛娃

（1812—1863）

娜塔莉娅·尼古拉耶夫娜·冈察洛娃的爷爷是个商人，被叶卡捷琳娜二世授予世袭贵族头衔。她的父亲教养良好，一八〇四年入外交部任职，一八一四年因头部受伤神经受损，此后家境每况愈下。娜塔莉娅·尼古拉耶夫娜·冈察洛娃的母亲是乌克兰统帅之后，在父亲早逝后得到叶卡捷琳娜二世的庇护，性格强硬的她一直严格教育子女。

一八二八年底，普希金在舞会上遇到了美丽的娜塔莉娅·尼古拉耶夫娜·冈察洛娃。次年四月第一次求婚，未获准。一八三〇年春普希金第二次求婚并获成功，五月订婚，但是在嫁妆的问题上与未来的岳母争执不断，直到一八三一年三月才举办了婚礼。

因为普希金的英年早逝，娜塔莉娅·尼古拉耶夫娜·冈察洛娃承受了巨大的压力。普希金去世后，她从不在星期五外出，因为普希金是在星期五离开了人世。

娜塔莉娅·尼古拉耶夫娜·冈察洛娃

（1829）

夜幕笼罩着格鲁吉亚山冈，①
　　阿拉瓜河在我面前喧响。
我忧伤而又舒畅，哀思明净；
　　你的倩影充满我的愁肠，
你，只有你一人……无论是什么
　　都无法惊扰我的忧伤，
心儿又再次燃烧，又要去爱，
　　因为，它不能不把你爱上。

（顾蕴璞　译）

---

① 这首诗系普希金在赴外高加索作战地区的途中所写。

（1829）

我们走吧，无论上哪儿我都愿意，①

朋友们，随便你们想要去什么地方，

为了远离骄傲的人儿，我都愿意奉陪：

不管是到遥远中国的长城边上，

也不管是去人声鼎沸的巴黎市街，

到塔索不再歌唱夜间船夫②的地方，

那里在古城③的灰烬下力量还在昏睡，

只有柏树林子还在散发着馨香，

哪里我都愿去。走吧……但朋友们，

---

① 普希金此时心情不佳：因擅自去军队而受到当局的严厉斥责之后，又遭到娜·尼·冈察洛娃的冷遇，因此提出去法国或意大利旅行，或随派往中国的外交使团同行，结果都未成行。

② 船夫，指意大利威尼斯的小游艇划手，塔索之所以不能把他们歌唱，是因为当时威尼斯正被奥地利人占领。

③ 古城，指两千年前古罗马的一些毁于火山喷射的城市，在普希金的时代已被完好无损地发现。

请问我的热情在漂泊中可会消亡?

我将要忘却骄傲而折磨人的姑娘①,

还是仍要到她跟前忍受她的怒气,

把我的爱情作为通常的献礼捧上?

……………………………………

(顾蕴璞 译)

---

① 指娜·尼·冈察洛娃。

（1830）

当我紧紧拥抱着①

你的苗条的身躯，

兴奋地向你倾诉

温柔的爱的话语，

你却默然，从我的怀里

挣脱出柔软的身躯。

亲爱的人儿，你对我

报以不信任的微笑；

负心的可悲的流言，

你却总是忘不掉，

你漠然地听我说话，

既不动心，也不在意……

---

① 这首诗是普希金写给未婚妻娜·尼·冈察洛娃的信。

我诅咒青年时代

那些讨厌的恶作剧：

在夜阑人静的花园里

多少次的约人相聚。

我诅咒那调情的细语，

那弦外之音的诗句，

那轻信的姑娘们的眷恋，

她们的泪水，迟来的幽怨。

（丘琴 译）

圣 母

(1830)

我从来不愿意用古典大师们

许多作品装点我的居室,

使得来访的人盲目地吃惊,

听取鉴赏家们自我吹嘘的解释。

在工作间歇时我百看不厌的画①

只有挂在素洁屋角的那一幅:

画面上仿佛从彩云中走下

圣母和我们的神圣的救世主——

她的神态庄严,他的眼中智慧无量——

他们慈爱地望着我,全身闪耀着荣光,

---

① "画"指意大利画家皮耶特罗·班鲁琴(1446—1524)的作品。普希金在给未婚妻的信中写道:"我长时间地停留在这幅画着淡黄头发的圣母像前,她的容貌和你相似得有如两滴水珠那样没有区别。"诗人还开玩笑地写道:"如果它的售价不是四万卢布的话,我就把它买下了。"诗中对这幅画做了描述。

没有天使陪伴,头上是锡安①的芭蕉树。

我的心愿终于实现了,造物主

派你从天国降临到我家,我的圣母,

你这天下最美中之最美的楚楚。

(丘琴 译)

---

① 锡安,耶路撒冷所在地的一个山冈。

哀 歌

(1830)

想起过去荒唐岁月的那种作乐,
我就心情沉重,像醉酒般受折磨。
对时日飞逝的伤怀也像酒一样:
时间过得越久,心头越觉得苦涩。
我的道路坎坷难行。未来啊,
滔滔大海只会带给我悲哀和劳作。

但是,我的朋友啊,我不想离开人世;
我愿意活着,思考和经受苦难;
我相信,生活不仅是操劳、灾难和烦扰,
总会有赏心悦目的事和我相伴:
有时我会再次在和谐声中陶醉,
有时会因为捏造、中伤而泪洒胸前,
也许,在我悲苦一生的晚年,

爱情会对我一展离别的笑颜。

(丘琴 译)

十二月党人妻子

　　十八世纪末至十九世纪初，农奴制越来越阻碍俄国社会进步，这引起许多有识之士的警醒。在一八一二年反对拿破仑的战争中，一些俄国贵族军官在国外的远征过程中受到了西欧民主思想的影响，认为落后的农奴制度和专制制度不利于俄国的发展。他们回国后成立秘密的革命组织，企图按照西方的方式来改造国家，比如推广教育。一八二五年十二月十四日，在彼得堡和莫斯科以及南方的一些省份发生了以近卫军军官为主体的起义，起义者因此被称为"十二月党人"，其中著名的有穆拉维约夫－阿波斯托尔、雷列耶夫等。普希金被"十二月党人"的进步思想所吸引，也和他们有交往。"十二月党人起义"失败后，一八二六年底到一八二七年初，"十二月党人"被发配西伯利亚，不少人的妻子不顾路途遥远而艰辛，跟随丈夫远去死地，同呼吸共命运。普希金对她们寄予了无限同情，并在诗句中表达了崇高的敬意。

叶卡捷琳娜·伊万诺夫娜·特鲁别茨卡娅

玛利亚·尼古拉耶夫娜·沃尔康斯卡娅

亚历山德拉·格利高里耶夫娜·穆拉维约娃

(1827)

在西伯利亚矿山的深处，①

保持住你们高傲的耐心，

你们的思想的崇高的意图

和痛苦的劳役不会消泯。

不幸的忠贞的姐妹——希望，

在昏暗潮湿的矿坑下面，

会唤醒你们的刚毅和欢颜，

---

① 普希金写这首诗的直接动力就是许多十二月党人的妻子（其中包括他特别喜欢的玛·尼·沃尔康斯卡娅）要出发去西伯利亚和她们的丈夫一起服苦役的英雄行为。当时他想托沃尔康斯卡娅把这首诗信带去。但当后者临出发的时候，他的诗还没有写成，因此，也像给普欣的诗信一样，后来托一八二七年一月初出发的亚·格·穆拉维约娃带去。诗人亚·伊·奥多耶夫斯基曾以十二月党人的名义向普希金写了酬答诗。这两首诗当时以手抄本的形式广为传诵。奥多耶夫斯基诗句"星星之火可以燃成熊熊烈焰"中的"星星之火"，被列宁用为第一份布尔什维克报纸的报名（《火花报》）。列宁关于十二月党人的名言"他们的事业没有消亡"，即与普希金这首诗有关。

一定会来到的，那渴盼的时光：

爱情和友谊一定会穿过
阴暗的闸门找到你们，
就像我的自由的声音
来到你们服苦役的黑窝。

沉重的枷锁定会被打断，
监牢会崩塌——在监狱入口，
自由会欢快地和你们握手，
弟兄们将交给你们刀剑。

（卢永　译）

其他

女性对于普希金的文学创作,尤其是诗歌创作,产生了重要影响。普希金写下了许多动人的诗句,虽然创作对象难以考证,但这丝毫不妨碍后人从中领会到男女之间各种美妙的感情。

普希金及其手稿

歌 者

(1816)

你可曾听见林中歌声响在夜阑,

一个歌者在诉说着爱情与伤感?

清晨的时光,田野静悄悄,

芦笛的声音纯朴而又幽怨,

　　　你可曾听见?

你可曾见过他,在那幽暗的林间,

一个歌者在诉说着爱情与伤感?

你可曾看到他的泪水、他的微笑,

他愁绪满怀,他目光暗淡,

　　　你可曾发现?

你可曾感叹,当你听到歌声低缓,

一个歌者在诉说着爱情与伤感?

当你在林中遇到了那个青年,

他的眼中已熄灭了青春的火焰,

你可曾感叹?

（丘琴　译）

（1818）

多么甜蜜……但是，上帝啊，听你讲话，①
看你那令人销魂的眼神，多么危险！
难道你那烈火一样的、绝妙的谈话
我能忘掉，还有你的微笑，美丽的视线！
女魔术家啊，为什么我要看见你——
认识了你以后，我才懂得福地无边——
我才开始对自己的幸福憎恨不已。

（乌兰汗　译）

---

① 这是诗人的草稿片断。

多丽达

(1819)

多丽达①的金黄色的鬈发令人喜爱,

还有苍白的面容和那碧蓝的杏眼……

昨夜,我辞别了我的朋友们的宴席,

在她的拥抱里,我的心儿纵饮情欢;

一阵又一阵的狂喜倏地油然而生,

情欲突然熄灭了,旋即炽烈地复燃;

我酥软了;然而在不忠贞的幽冥中,

另一个可爱的面影在我眼前浮现,

于是我全身心充满了神秘的凄迷,

我的嘴唇悄声地把别的名字呼唤。

(苏杭 译)

---

① 诗中假设的情人的名字。

一幅未完成的画

（1819）

是谁的思想欣喜若狂地

领悟和洞彻这美的玄妙？

苍天啊，是谁的神来之笔

竟绘出这天仙般的容貌？

是你啊，惊世的天才……然而，

爱情的痛苦却把他击倒。

他默默地凝视自己的创作，

那颗火热的心啊渐渐冰消。

（苏杭　译）

给多丽达

(1820)

我相信：我被爱；心儿需要相信。

不会的，我的爱，她不会假惺惺；

一切都很真诚：那阴燃的恋情，

那娇羞，美惠女神的无价赠品，

不加修饰的随意穿戴和话语，

还有那些稚气得可爱的名字。

(陈馥 译)

(1820)

我不惋惜我的青春良辰,
它们在爱情的梦中蹉跎;
我也不惋惜暗夜的幽情,
是淫荡的芦笛为之讴歌。

我不惋惜不忠实的伙伴,
盛宴的冠冕,传递的酒器;
我更不惋惜负心的姑娘,
我沉思地回避这种游戏。

不过哪里去了,那些时辰,
充满希望,心儿如痴如醉?
还有灵感的热焰和泪水?……
啊,回来吧,我的青春良辰!

(陈馥　译)

戴奥妮娅①

（1821）

赫罗米德②年纪轻轻，他相中了你，

不止一次我们瞧见你俩偷偷在一起；

你悄无声息听他说话，双颊绯红，

你那低垂的目光燃烧着迷恋的激情，

　　戴奥妮娅，你的面孔

此后便长久地保持着温柔的笑容。

（谷羽　译）

---

① 一八二六年出版时这首诗曾收入"仿古"诗编。
② 戴奥妮娅和赫罗米德都是古希腊田园诗中常见的人名。

(1821)

最后一次,温柔的朋友,
我又走近你明亮的堂屋,
最后一个时辰,我和你
分享爱情的安谧与幸福。
今后黑夜里不必再等我,
你怀着期望会枉自痛苦,
在第一缕晨光出现之前,
莫再点燃蜡烛。

(谷羽 译)

夜

（1823）

我的对你亲切而又懒散的声音
搅乱了沉沉长夜的无言的寂静。
悲伤的蜡烛燃烧在我的床头，
我的诗句像条条爱河向一处汇流，
流水潺潺，到处映现着你的倩影，
夜色里，你在我的面前目光炯炯，
我凝视你的笑容，倾听你的絮语：
我的朋友，我是你的……我爱你，我的情侣！

（杜承南　译）

（1825）

欲望之火在血液中燃烧，

我的心儿被你摧残，

吻吻我吧，你的吻对于我

比起美酒还要香甜。

俯下你那温柔的头颅，

让我无忧无虑地入寝，

欢快的白昼正在消逝，

夜的影子悠悠来临。

（乌兰汗　译）

（1825）

玫瑰刚刚凋谢，

芳香缕缕犹存；

飞向极乐世界，

翩翩轻盈花魂。

催人忘怀一切，

滚滚波涛沉闷；

花影馥郁一片，

忘川两岸芳芬。

（乌兰汗　译）

（1825）

在天上，忧郁的月亮[1]

遇上了欢悦的朝霞，

一个燃烧，一个冰凉。

朝霞像新娘，容光焕发，

月亮，却是个苍老的模样，

这多像我俩相逢，埃尔温娜。

（乌兰汗 译）

---

[1] 这是一个草稿。

（1826）

Tel j'étais autrefois et tel je suis encor. ①

我原先那样，我现在还是那样：

无忧无虑，绸缪多情，你们知道，朋友们，

凝视着美色，我怎能不动感情，

又怎能没有怯懦的温柔、内心的激动。

爱情在我一生中对我的戏弄还不够？

在吉普里达撒下的虚妄的情网中，

我久久地挣扎着，像一只幼小的鹰，

曾一百次受辱都还不知悔改，

现在我又把自己的哀怨献给新宠……

（魏荒弩　译）

---

① 法国诗人安德列·谢尼耶的诗句，意为"我原先那样，我现在还是那样"。

（1828）

被你那缠绵悱恻的梦想

随心所欲选中的人多么幸福，

他的目光主宰着你，在他面前

你不加掩饰地为爱情心神恍惚；

然而那默默地、充满忌妒地

聆听你的自白的人又多么凄楚，

他心里燃烧着爱情的火焰，

却低垂着那颗沉重的头颅。

（苏杭　译）

一朵小花儿

（1828）

我发现忘在书中的小花儿——
它早已枯萎，失去了芳妍；
于是一连串奇异的遐想
顿时啊充溢了我的心田：

它开在何处？何时？哪年春天？
是否开了很久？又为谁刀剪？
是陌生人的手还是熟人的手？
又为什么夹在书页里边？

可是怀恋柔情缱绻的会面，
或是对命定的离别的眷念，
也许为了追忆孤独的漫步——
在静谧的田野，在林荫中间？

可那个他抑或她,尚在人寰?

如今,他们的栖身处又在谁边?

或是他们早已经凋谢,

如同这朵无名的小花儿一般?

(苏杭　译)

皇村雕像[1]

(1830)

姑娘失手,水罐在岩石上撞碎。

她拿着无用的瓦片,坐在那里垂泪。

奇迹!破罐里流出的水源源不竭;

姑娘永远悲哀地坐着,伴着不息的流水。

(丘琴 译)

---

[1] 指皇村花园中喷泉上的青铜雕像:卖牛奶的女人。雕像是雕刻家彼·彼·索科洛夫根据拉封丹的寓言《卖牛奶的女人和水罐》的题旨制作的。

（1830）

我在这儿，伊涅季丽雅，

我在这儿，在你的窗下。

又是暗夜，又是甜梦，

都正拥抱着塞维利亚。

我披着斗篷，

带着长剑和吉他，

我浑身是胆，

我在这儿，在你的窗下。

你现在正在睡觉？

我要用琴声把你唤醒，

倘若老头儿醒来，

我就用长剑将他刺杀。

你把绸带系在窗上,

你把它从窗口抛下……

你磨蹭什么?……快点呀,

莫非我的情敌在你家?

我在这儿,伊涅季丽雅,

我在这儿,在你的窗下。

又是暗夜,又是甜梦,

都正拥抱着塞维利亚。

(丘琴 译)

（1833）

要不是一颗热切渴望的心

怀着某种朦胧的欲望，

我也许就会留在这里，

在这荒凉的僻静处把快乐品尝：

我会忘记所有心愿的战栗，

把整个世界看成理想国度——

依然听着这喁喁的私语，

依然吻着这美丽的秀足……

（王守仁　译）

（1835）

妒忌的少女失声痛哭，把少年责骂；

　　少年倚在她的肩上，竟入了梦乡。

少女立刻停止哭泣，抚爱着他，

　　泪静静地流着，微笑泛上她的脸颊。

（陈馥　译）

(1835)

我以为，此心已失去

感受痛苦的低等能力，

我曾说：既已成往事

就永远过去！永远过去！

消逝了，欢乐和忧郁，

消逝了，轻信的幻梦……

不料面对着美的威力

瞧，它们又要蠢蠢欲动。

(陈馥 译)

（1836）

Exegi monumentum. ①

我给自己建起了一座非手造的纪念碑,

人民走向那里的小径永远不会荒芜,

它将自己坚定不屈的头颅高高扬起,

　　高过亚历山大的石柱。②

不,我绝不会死去,心活在神圣的竖琴中,

它将比我的骨灰活得更久,不会消亡,

只要在这个月照的世界上还有一个诗人,

　　我的名声就会传扬。

---

① 我建起了一座纪念碑（拉丁文）。题词来自贺拉斯的颂歌《致梅利波缅》。
② 为纪念亚历山大一世而在彼得堡皇宫广场上建起了花岗岩大型圆柱。一九三四年普希金特意离开彼得堡,不愿参加"圣化"圆柱典礼。

整个伟大的俄罗斯都会听到我的传闻，

各种各样的语言都会呼唤我的姓名，

无论骄傲的斯拉夫人的子孙，还是芬兰人、

　　山野的通古斯人、卡尔梅克人。

我将长时期地受到人民的尊敬和爱戴：

因为我用竖琴唤起了人们善良的感情，

因为我歌颂过自由，在我的残酷的时代，

　　我还曾为死者呼吁同情。

啊，我的缪斯，你要听从上天的吩咐，

既不怕受人欺侮，也不希求什么桂冠，

什么诽谤，什么赞扬，一概视若粪土，

　　也不必理睬那些笨蛋。

（陈守成　译）